これだ。
待ち望んでいたものが、来た。
Shachi Sogano
蘇我捨恥
illustration 四季童子
13
異世界迷宮でハーレムを

ミリアが少しでも早く
攻撃に加わることが
何よりも優先である。
「やった、です」
異世界迷宮でハーレムを
13

「一部倒れている雑草が……」
ロクサーヌとセリーが外の状況を確認した。
異世界迷宮でハーレムを 13

エナメルのハイヒールブーツを
ルティナに装備させた。
「ほうほう」
異世界迷宮でハーレムを
13

ベスタはオリハルコンの剣二本を
軽々と二刀流で振り回した。

「おおっ」
しばらく待っていると、
彼女たちが再び入ってきた。
服も寝るときに使っている
キャミソールに着替えている。

足元には黒いストッキング……。
おおっ。
靴下じゃなくてストッキングだ。

異世界迷宮でハーレムを 13

▶ INTRODUCTION

▶ 強くなる魔物と成長のギャップ

▶ おばば様の依頼を終えたことで、
特定の迷宮に縛られることのなくなった道夫。
迷宮で戦い続けることは渡りに船の話でもあった。
特定の迷宮に入る必要がなくなり迷宮討伐へと
先走ろうとするロクサーヌたちをなんとかなだめつつ、
靴下を得ようとする道夫。
一階層ずつどんどんと攻略を進めていく
パーティーの中にあって、道夫は一階層ごとに
着実に強くなっていく魔物に対して不安を抱き始めていた。
魔物が強くなることに合わせてこちらが
成長している時間や余裕はなくなりつつある。
一足飛びに強くなる方法が何かあるだろうか。

異世界迷宮でハーレムを

13

蘇我捨恥

ヒーロー文庫

異世界迷宮でハーレムを 13

CONTENTS

illustration 四季童子

イラスト／四季童子
装丁・本文デザイン／5GAS DESIGN STUDIO
校正／鈴木 均（東京出版サービスセンター）
DTP／伊大知桂子（主婦の友社）

この物語は、小説投稿サイト「小説家になろう」で
発表された同名作品に、書籍化にあたって
大幅に加筆修正を加えたフィクションです。
実在の人物・団体等とは関係ありません。

第六十一章　書庫

加　賀　道　夫

現時点のレベル＆装備

冒険者	Lv41
英雄	Lv49
魔術師	Lv37
魔法使い	Lv52
僧侶	Lv49
装備	聖槍 アルバ 硬革の帽子 竜革のグローブ 竜革の靴 ひもろぎのイアリング

俺たちは、おばば様のところに報告に来ていた。

おばば様というのは、新たに仲間に加わったルティナの、一族の長老だ。

さすがは貴族、長老などという存在がいるらしい。

貴族だからなのか上流階級だからなのかは知らないが。

美人の貴族令嬢をハーレムに加えることができたことは素晴らしく良かったが、邪魔なしがらみまでついてきたのは困りものではある。

貴族というのはそこらへんがめんどくさい。

本人だけをなんとかすればいいというものでもない。

まあ、扶養義務があるわけでもなし、係累というほどの邪魔ではない。

基本的には、一族から変な落ちこぼれが出ないようにするための相互扶助ネットワークみたいなものなんだろう。父親が迷宮討伐をサボっていたせいで落ちこぼれかけたルティナへの援助、というわけだ。

だから、こちらにとって悪い話になるようなことはないと思う。

ルティナを助けるために俺を排除する、というような結論に至らない限りは。

基本はルティナへの援助、俺にとっても一概に悪いものではない。

ありがた迷惑、ということはあるとしても。

過剰に干渉してこないなら、しばらくはだましだまし付き合っていくしかない。

干渉してくるようなら、ぶっちするしかないが。

三十六計逃げるにしかず。

「残念ながらグリニアとの中継地は二つまでが確実に放棄、おそらくは三つめもそうだとのことです」

ルティナがおばば様に報告している。

おばば様からは、グリニアという土地へ行けないか、その情報を探ってくるよう依頼を受けたのだ。

依頼そのものには、失敗している。

目的地までは行けなかった。

もっとも、行けないことが分かっただけでも十分のはずだ。

「そうなのか。やっぱり無理だったのかねえ」

おばば様も無理だと分かっている。

「はい。これ以上はどうしようもない感じですね」

「優秀な冒険者なら行けると判断したのだが、無理だったのかねえ」

行けないことが分かっただけで十分。

十分なはずだ。

「わたくしたちではこれ以上はもうどうしようもありません」

「おぬしらには、無理だったのかねえ」

なんと言われようが無理なものは無理よ。

「無理ですね」

ルティナも突き放している。

もっと言ってやれ。

「優秀な冒険者ならと思ったのだがねえ」

「どれだけ優秀な冒険者でも無理なものは無理です。判断が間違っていますね」

そうそう。その意気。

耄碌《もうろく》したのかくらい言ってやってもいいぞ。

実際、耄碌してそうだし。

「ふん。まだ耄碌するには十年は早いわい」

おばば様がどぎつく反論してきた。

俺はまだ何も言ってないぞ。

まだ何も。

思ってはいたけどさ。

というか、これからまだ十年耄碌せずにやれるつもりなのか。

それが耄碌しているということではないのか。

さらに十年一族の長として君臨するとか。

勘弁してほしいわ。

「いえ。耄碌ではなく普段の判断として間違っています」

ルティナが辛辣《しんらつ》な件について。

耄碌したから判断を誤ったのではなく、冷静な普段から判断を間違えっぱなしだということだろう。

まあおばば様が相手だからな。

このくらいしてくれてもいい。

もっとしてくれてもいい。

「普段の判断が間違えまくっていたところの娘には言われたかぁないね」

迷宮討伐をサボりまくっていたセルマー伯の娘がルティナだ。

「報告は済んだようです。帰りましょう」

ルティナがおばば様との会話を打ち切って、こちらに振り返った。

親は関係ないだろ、という感じだろうか。

とはいえ、この世界、しかも貴族社会ではそうも言ってられない。

親の因果が子に報う。

父がすっぱいブドウを食べたら子どもの歯が浮く。

そもそも、セルマー伯が迷宮討伐をサボっていたから、ルティナが俺のもとへ来ることになったわけだ。

だから俺からはなんも言えねえ。

ノーコメントで。

「ああ、そうだ。うちの離れにある書庫への立ち入りを許可しておこう」

帰ろうとするルティナをおばば様が引き留めた。

「書庫？」

ルティナは帰りたそうだったが、帰っていいかどうか分からないので俺が反応する。

「ああ。一族の影響力が及ぶ範囲の土地にある迷宮の情報などがまとめてある。あそこで調べ物をすれば、いろいろ役に立つこともあろう」

「なるほど」

情報は大切だ。

この世界では特に。ネットで調べることもできないし。

帝国解放会のロッジにも資料室があるが、要するに同じようなものだろう。

「グリニアにも行けなかった期待外れの冒険者だが、だからといってなんの報酬も渡さずにほっぽり出すのも寝覚めが悪い。このくらいはしてやろう」

「ルティナ、帰ろうか」

ほんと感じ悪いな、このおばば様は。

反応した俺が馬鹿だった。

「はい。帰りましょう」

ルティナもドアを開けておばば様の部屋から外へ出ようとする。

「おい、リュート」

「はっ」

「こいつらに迷宮書庫への入室許可を出す。離れに連れてってやんな」

「分かりました」

おばば様が部屋の外にいた人に指示を出した。

書庫へ入る権利はくれるようだ。

「失敗に終わったとはいえ依頼は依頼だ。ふがいない冒険者でも書庫に出入りするくらいはいいだろう。悪くなければ便宜を図ってやるという話でもあったからね。まあそこそこ悪くない。悪くはない。そこそこだがね」

「はあ」

本当に一言多いな。

がんばっているフリをしてワープでごまかしてきた俺が言えたことではないが。

「ルティナ、こいつはいずれ叙爵されるのだろう?」

「はい。もちろんです」

「それならばせいぜい活用することだ。ま、いずれの話だ。いずれのな。誰も今日明日にできるとは思っちゃいないよ。ネスコの奥の迷宮へは、まだ入ってもいいし、違う迷宮がいいならそっちへ移ってもいい。好きにしな」

いずれの話だと言いながら違う迷宮に入る許可を出すそのココロは。

ネスコの奥の迷宮は、最初におばば様からそこに入るよう依頼された迷宮だ。

本当に遠い先の話だと思っているなら、ネスコの奥の迷宮で鍛錬してろと言ってもよさそうなものだが。

ただの嫌味だろうか。

「俺たちのパーティーメンバーで迷宮の情報を調べているのは別にいるんだが、そいつを書庫に連れて行ってもいいのか？」

「好きにしな」

「分かった」

セリーを連れてきてもいいようだ。

うちのパーティーでは迷宮関連の情報は全部セリーにまかせてるからな。俺やルティナだけ書庫に入って調べていいと言われてもさっぱりになるところだった。

連れてきてもいいならセリーにまかせればいいだろう。

「分かりました」

「頼んだよ。ほら、ぼさぼさしてないでさっさとお行き」

本当に一言多いな。

「では、こちらへ」

「頼む」

俺たちは外の人に連れられて部屋を出た。

離れというのは、本当におばば様の屋敷とは別棟のようだ。

いったん外に出た後、別の建物に入る。

まあ中ではつながっているのかもしれないが。少なくとも俺たちが案内されたのは別の入り口だ。

離れの中は、大きな本屋か図書館のようになっていた。

二階や一階の奥には多分資料がびっしりあるのだろう。一階の手前部分にはテーブルとイスがあって、座って調べられるようになっている。

本当に資料室だな。

「こちら側の壁は遮蔽《しゃへい》セメントを使っておりません。許可が出ているので、いつでも自由にお使いください。ここには特別に秘匿を要するようなものは置いてありませんが、パーティーメンバー以外の第三者を連れてくることはご遠慮ください」

つまり、秘匿を要するような情報は別に置いてあると。

この書庫は、許可を出した人しか入れないとはいえ、一般用ということだろうか。

特別用はもう一段上があると。

あるいは、そういうのはおばば様が直接渡すのかもしれない。

たっぷりと恩を着せながら。

「分かった」

「では」

「よし。いったん戻るか」

「はい」

案内をしてくれた人が帰って行ったので、俺たちも家に戻ることにした。

迷宮関連の資料はセリーに見せないと始まらないだろうし。

「ご主人様、おかえりなさいませ」

「ただいま。セリーはいるか?」

帰るとロクサーヌが迎えてくれたので、セリーを呼ぶ。

「はい。なんでしょうか」

「ルティナの一族の偉い人が、迷宮の情報が集まっている書庫にアクセスする権利をくれた。一度行ってみたいが、今からでもいいか?」

「分かりました。ちょっと待ってください」

セリーが部屋を出て行った。

多分メモ用紙とかペンとかを取りに行ったのだろう。

その間に俺は何をしておくべきか。

もちろん。

「ルティナ、装備品を着けておくか」

「は、はい」

「うむ」

隙あらばこういうことをしていたい。

いや。せっかくの装備品なのだ。着けていないことが隙になる。いつでも、どこでも、どんなときでも着けるべきだろう。

あのおばば様のくれた装備品だが。

存外役に立つ。

この装備品を得たというだけで、どんな仕打ちにも耐えられるだろう。

その素晴らしい装備品をルティナに装着する。

ルティナの肌にじかに密着する装備品だ。

優しく、丁寧に、俺の手で装着しなければならない。

ネックレス部分をルティナの首にかけて、服の上から落とし込むと、両手をルティナの服の中に突っ込んで、わさわさとまさぐった。

これがいい。

これがたまらん。

なめらかで豊かな山塊を優しく包み、その頂に狙いをつける。

いきなりクリップを装着するようなことはせず、準備運動も怠らない。指の腹で優しくなでるようにこすり上げ、下ごしらえしていった。

「……んっ」

軽く吐息が漏れるようになったら、用意は万全だ。

甘い呼吸を逃さないように唇でふたをして、装着の衝撃に備えさせる。舌を絡めて緊張をほどいていった。舌と指と手のひらを連動させて、装着する。甘い衝撃が、ルティナの舌を通して俺に伝わった。

「すみません。お待たせしました」

おっと。

いいところだったのに、セリーが帰ってきてしまった。

いやいや。

我慢我慢。

別に今夜でもいつでも好きなだけ楽しめるのだ。

今夜でもいつでも好きなときに。

つまり今でも。

いやいや。

今夜だ、今夜。

今とか言っていては際限がなくなってしまう。

ここはぐっと抑えて。

堪え難きを堪え忍び難きを忍び。

もって万世のために太平を開かんと欲す。

「では、そろそろ行くか。の前に」

ベスタを抱き寄せた。

キスをしていく。

なんかちょっとセリーがいいところに帰ってきてすまなそうな顔をしていたような気がしたので（妄想）。

ロクサーヌがうらやましそうな顔をしていた雰囲気を感じ取ったので（願望）。

思うに、今後俺の受くべき受難はもとより尋常にあらず。

ハーレムメンバーの哀情よくこれを知る。

「大丈夫だと思います」

「はい、です」

「しっかり準備を整えてから行きましょう」

「はい。さすがはご主人様です」

ベスタ、ミリア、セリー、ロクサーヌと、順次にキスをした。

時運の赴くところ、これで大丈夫だろう。

キスを終えてから、おばば様のところの離れに赴く。

相変わらず誰もいない書庫だ。

一応、掃除や整理整頓はしてあるようだが、それほど使われてはいないのだろう。

まあ別に頻繁に使うものでもないか。

あるいは、機密資料がある重要な部屋は本当に別にあって、ここは見せかけだけのハリボテなのかもしれない。

必要な人はそっちへ行っているからこっちには来ないとか。

うーむ。

そうだったのか。

あのおばば様のことだ。やりかねん。

「とりあえず、今日のところは軽く見るくらいでいいだろう。精査する必要があるなら、後日また改めて時間を取ろう」

「分かりました」

「そもそも、精査する必要のある情報があるかどうかが分からんからな。今日のところはそれを調べるくらいの感覚で」

「そうですね」

セリーが資料と格闘していく。

ロクサーヌや、ミリア、ベスタ、ルティナも資料を見ているが、期待していない。

いや。

ロクサーヌの場合、下手に迷宮の資料でもあったらまずい。迷宮の攻略情報でもあれば全部覚えてしまいかねないのがロクサーヌだ。

実際、最近よく入っているネスコの奥の迷宮の攻略情報が全部頭に入ってしまっているのではないかという疑惑がある。

疑惑というよりは確信に近い。

そのくらい、ネスコの奥の迷宮ではどんどん上に案内される。

絶対覚えているだろ。

いずれにせよ、このままネスコの奥の迷宮に入るわけにはいかないということだ。

なんとか他の迷宮を探す必要がある。

何かあるといいのだが。

とりあえずそこを明確にしておくか。

「ネスコの奥の迷宮に関しては、好きにしていいそうだ。つまり、これからも入り続ける必要があるわけではない」

「そうなのですね」

入る必要があるわけではない。

入らなくてもいい。

入らないほうがいい。

できれば入りたくはない。

入りたくない。

なるべく入らない。

絶対に入らない。

何があろうとも。

不退転の決意で。

つまり、こういうことだぞ。

「どこかいい迷宮があれば、探してくれ。分かっているな」

「ええっと」

「分かっているな」

「は、はい」

セリーにはちゃんと伝わっただろう。

常識人のセリーだ。

常識外れの誰かさんに振り回される危惧《きぐ》は抱いていると思う。

ちょっと見ただけで迷宮の攻略情報が全部頭の中に入ってしまう常識外れの誰かさんに振り回される危惧は。

ちょっと待て。

本当に、ここにそんな迷宮の攻略情報はないよな?

なさそうか。

攻略情報があるとしたら、おばば様が機密情報を隠している別の部屋だな。

こればかりはおばば様に感謝だ。

しないけど。

ロクサーヌたちは、別に資料をひっくり返すでもなく、ただボーッと部屋の中だったり手元の資料だったりをあれこれ眺めている。

ここに攻略情報はないと判断できたのだろう。

もしあったらロクサーヌなら目を皿のようにして漁《あさ》るに違いない。

ミリアとベスタは知らん。

こいつら、ロクサーヌのむちゃ振りに案外ついていくしな。

ミリアは自身がピンチになる前に魔物を石化して回避しそうだし、ベスタは魔物の攻撃を受けても全然平気そうだし。

つまり、パーティーメンバーの中で真っ先にピンチに陥るのはセリーなのだぞ。

俺とルティナは後衛だからまだなんとかなるはず。

多分。

おそらく。

だといいな。

ルティナのほうは、真剣な顔をして資料を渉猟していた。

危機感を持っている、かどうかは分からないが。

「紹介してもらった迷宮はどうなのでしょう?」

かと思いきや、変な話を振ってくる。

「紹介?」

「グリニアへの中継地であるタリカウへ連れて行ってもらったときに、どこかの島にある迷宮を紹介してもらいましたよね」

「ああ。あれか」

確かに行った。

狙い目とかは言ってたけどな。

どうなのかね。

そんな迷宮を軽々しく教えるものかどうか。

「この中にありますでしょうかね」

「んーと」

ルティナがセリーに何かの資料を見せて尋ねる。

「何だ?」

「一族の冒険者が解放用に入っている迷宮のリストです」

そういう資料があったらしい。

「へえ。そんなのがあるのか」

「一族の中で解放を狙っている迷宮が重複してもよくないですから」

「うーん。まあそれはそうか。そうか?」

そうなんだろうか。

適当に競わせておけばいいような気もする。

敵は一族内のライバルではなく、違う一族の者たちという発想なのだろうか。

「同じ迷宮というより、近くにある迷宮が重複した場合の問題ですね」

セリーが資料を見ながら教えてくれた。

「近くにある迷宮？」

「ええっと。人が住めなくなった土地の迷宮が討伐されると、その土地と爵位を得ることができますが、当然、土地はある程度の広さが必要なわけです。あまりに近い迷宮を討伐しようとしている場合、爵位を得ることができなくなることにもなりえます」

訝《いぶか》しむ俺にさらに説明までしてくれる。

それは確かに、迷宮を討伐してその土地の領主と認められるとしても迷宮があった場所だけをもらってもしょうがない。本当に迷宮があった場所だけでは、それこそ猫の額ほどしかない。迷宮の入り口があったところだけでは家も建たん。

当然、周囲の土地の領有も認められるのだろう。

近くの迷宮がどうなっているか状況を確認していないと、タッチの差で隣の迷宮が先に討伐されてしまい、領有が認められなくなるケースも起こりうるわけか。

「なるほどなるほど」

「それと、迷宮が討伐されると周囲の迷宮の難易度が下がるとされております」

「そんなことがあるのか？」

「はい。迷宮が討伐された直後は、近くの迷宮は現在攻略が進んでいる階層が最終階層となって迷宮攻略が終わることが有意に増えるそうです。五十階層以上まで進んでいること前提ですが」

「ほーん」

難易度が下がるというか、近場の迷宮が討伐しやすくなるということか。

仲間の迷宮が討伐されたショックが広がる感じだろうか。

迷宮に仲間意識があるかどうかは知らないが。

あるいは、近くに迷宮がないと迷宮も生きにくいのかもしれない。

「そのこともあって、叙爵を認められる迷宮討伐ではそれなりに広い範囲の土地の領有が認められます」

「それって、周囲の迷宮の討伐も期待されているってこと?」

「期待はされるでしょう」

「大変だなあ。とはいえ、迷宮があったところだけもらってもしょうがないわけか」

うまいこと考えてやがる。

迷宮討伐を狙う人を馬車馬のように働かせるシステムだ。

社畜量産システムと言っていい。

働いたら負けかなと思っている。

「近くの迷宮の難易度が下がることによって、問題も生じます。近くにある二つの迷宮が連続で討伐されることが発生しやすくなるわけです。そうなった場合、どちらの迷宮が先に討伐されたかをめぐってしばしば争いになります」

なるほど。

それは、討伐している側からすれば、迷宮はあくまで自分たちの実力で制覇したと考えたいだろう。

隣の迷宮が倒されたから難易度が下がってたまたま都合よく討伐できた、などと簡単に受け入れられるものではない。

争いになる。

もちろんリアルタイムで計測すればどちらが早かったかは明白だが、この世界にそんな技術はない。

迷宮を討伐したという情報をやり取りするだけで下手をすれば一週間かかる。

一日、二日の違いなどどうにでもなるだろう。

先に連絡を送って根回ししたほうが領主に認められることになるかもしれない。

なんなら、討伐した日を一日二日サバ読むことが冒険者にとっての常識、ということも考えられそうだ。

第三者が確認するとしても、昨日討伐したと言われれば確認のしようがないわけだし。

帝国解放会ではそういう確認サービスをやっていないのか。

それとも単純に先着順か。

迷宮を討伐しようとしている場合、パーティー内に冒険者は必須だろう。討伐して周囲の土地の領有が認められるような迷宮が人里近くにあるはずもない。

いや。

見捨てられた中継地近くの土地に残って住んでいる人もいたな。

あそこの土地はどういう扱いになっているのか。

ただまあ、一般的には人里離れたところにあるだろう。

冒険者は必須で、討伐したという情報もすぐに帝国解放会などに届けられる。

やっぱり先着順か。

「先着順にするとかじゃ、駄目なんか？」

「より上の階層まである迷宮を討伐したほうが、周囲がより安全になるし、影響も大きいのです。ですから、先着順ではなく、上の階層の迷宮を討伐したほうを基本的には領主として認めると聞いたことがあります」

ルティナが説明してくれた。

何階層で迷宮の討伐に成功したかなんて、いくらでもごまかせないか？

言った者勝ちじゃないか？

「何階層を攻略したかなんて、分からなくないか？」

「ですから、ここには何階層を攻略中かまで申告されています。これを見て、いろいろと判断します」
セリーが資料を示して教えてくれる。
そんな情報まで載っているのか。
五十階層を攻略中と申告していたのに、五十五階層のボスを倒して迷宮を攻略しました
などと言い出しても通らないということだな。
五十階層攻略中に五十五階層を攻めてますと申告しておくとか。
いや。それはないか。
何かあったときにバレたら困る。
ライバルは確認しようとしてくるだろうし。
迷宮の攻略に成功するとも限らない。
十年後くらいに誰かから、そこの迷宮に挑みたいので五十五階層まで連れて行ってくれ
ませんか、と頼んでこられたら詰む。
……人知れず始末するしかあるまい。
迷宮の中ならば何が起こっても不思議ではないし、問題も発覚しない。
五十五階層に連れて行くと言って五十階層に行き、あとは……。
誰かに最上位の階層へ連れて行ってもらうのは簡単に頼んでいいことではないのかもし
れない。

五十階層にしか挑めなかった人間が五十五階層に挑もうとする人間に勝てるのかという問題はあるが。

隙を突けばなんとかなるかもしれないが、パーティーメンバーもいるだろう。

全員は連れて行けないとごねるとしても、残った仲間の口をどう塞ぐかと問題が大きくなってしまうし、依頼者本人でなくそのパーティーメンバーの冒険者を連れて行ってくれと言われたらどうしようもない。

やはりウソはいけない。

正直に書くリストか。

もっとも、実際にどう運用されるかは不明だ。

ありそうなのは、おばば様のお気に入りのパーティーなら無理も通るということだな。

上位者の胸三寸でどうにでもなる。

人生、金とコネだ。

クソゲーだ。

まあ、近所に自分たちが挑むよりも上の階層を誰かが攻略中の迷宮があったら、そこはさけろということだろう。

「ふーん」

「私もすべての迷宮の名前と地名が分かるわけではありませんが、紹介してもらった島に当てはまりそうな名前はありませんね。あそこには誰も入っていないし、多分知られてもいないのだと思います」

「そうか」

「ここは、あの迷宮に挑むのがよいと思いますが」

セリーも紹介してもらった迷宮を勧めてきた。

適切な迷宮を探せと少しせっつきすぎただろうか。

そんなことをすると。

「ほう。あそこの迷宮に挑むのですか。いいですね」

ロクサーヌ先生がその気になってしまわれたではないか。

挑むとはまだ決まっていない。今回、その時と場所の指定まではしていない。

「やる、です」

「大丈夫だと思います」

この二人はまあどうでもいいとして。

「諸侯会議のためにもやはりそうですよね」

ルティナは最初からその気だ。

「う、うむ。まあ、そうなるか」

仕方ない。

ここは受け入れざるをえないだろう。

問題なのは、あそこは探索中の最上階が四十六階層なんだよな。

俺たちはまだ四十五階層をクリアしていないのに。

「はい。行くとなったらガンガン行きましょう」

ロクサーヌは忘れてそうだが。

「いや。しばらくクーラタルの迷宮で訓練に励み、四十六階層で楽に戦えるようになってからだな」

「四十六階層ごときなんの問題もないと思いますが」

あるんだよ。

俺たちはまだ四十六階層へは自力で行ったこともないんだぞ。

「それで、あそこの迷宮に行くとなったら、どこかに申請してそこに記載するのか？」

「いえ。名前も分かりませんし、知られていないのにわざわざこちらから公開することもありません。しばらくは黙って入ればいいでしょう」

「はい。そうですね。わたくしもそれがいいと思います」

対応をどうするか聞いたら、セリーもルティナも何もしなくていいと言ってきた。

そういえばあの島の名前も知らないんだよな。

「そもそも名前が分からなきゃ書きようもないのか。名前って、どうするんだ？」

「必要になったら勝手に名づければいいと思います」

「そういうもんなのか」

「はい」

勝手につければいいらしい。

もう住んでいる人もいないわけだし。

「しかし、それで載せないとなると、誰かがもうすでにあの迷宮に入っていて、なおかつここに記載されていない可能性もあるのではないか？」

「それはしょうがありません。そのくらいのリスクは当然でしょう」

「そうなんだ」

まあ、こっちも黙っているんだから誰かが黙っていたとしても非難はできんわな。

そういうものか。

「あの迷宮には誰も入っていなかったと思います」

「そうなのか、ロクサーヌ」

「はい。最初にあの迷宮に案内されたとき、迷宮の入り口には元気に草が生えてました。迷宮に誰か入っているなら、折れたり踏み固められたりしているはずです。少しもそんな様子がなかったのは、長い期間誰も入っていなかったからでしょう」

ロクサーヌが教えてくれる。

そんなところまで見ていたのか。

迷宮に関して抜かりはないようだ。

確かに、ワープで直接飛べる俺と違って、冒険者がフィールドウォークで移動して迷宮に入るなら、入り口付近に移動の痕跡が残りそうではある。

それがなかったということは誰も入っていないということか。

「なるほど。さすがだな」

「いえいえ」

むしろドン引きだけどな。本当は。

「じゃあ勝手に入っておけばいいのだな」

「そうですね。五十五階層を超えてもう少し行ったら、知らしめてもいいと思いますが。それまでは黙っておけばいいでしょう」

「五十五階層を超えてか。その理由は？」

「低い階層のほうが人を呼びます」

セリーが簡略に教えてくれた。

そりゃそうか。

迷宮を攻略するなら、低い階層で攻略できたほうが楽だ。

楽だし、そもそも人も多い。

タリカウの迷宮攻略に参戦した帝国解放会のメンバーも、五十五階層で自分はここまでと撤退したらしいし。

五十階層を攻略中の迷宮は五十五階層を攻略中の迷宮よりも当然注目を集める。

四十六階層を攻略中なんて書いたらエサをばらまいているようもの、かもしれない。

五十階層までは自力でたどり着く必要があるとはいえ。

攻略する迷宮を探すなら、なるべく低い階層で攻略できそうな迷宮を探すだろう。

そんな迷宮があるかどうかは別にして。

あったら苦労はせん。

上の階層に行けば行くほど、その階層を攻略できる人も減るし、その階層を攻略できる人に対してケンカを売るリスクを許容できる人も減る。

六十階層くらいまで進めば、ほかの誰かがその迷宮にチャレンジしてくる可能性は、当人に対するいやがらせ以外では、ほとんどなくなるだろう。むしろ公開することによってその可能性をつぶせる。

六十階層を誰かが攻略中の迷宮に飛び入りで討伐参戦したくない。

金とコネのある人は低階層で攻略できる迷宮を教えてもらい、金とコネのない人は、苦労して探し出すか、運よくそういう迷宮に巡り合えるチャンスを待つか、より上の階層に挑戦できる実力をつけるか。

人生世知辛い。

「道理ではあるな。ただ、あそこの迷宮も結構古いんじゃないか。そこまで低階層で攻略できることはなさそうだが」

タリカウの迷宮よりは新しいと言っていたが、それでもかなり昔にできただろう。

五十階層そこそこでの攻略は無理なのではないか。

結局公開することになりそうだ。

「タリカウにある迷宮より新しいといっても十年以上は前に出現したのでしょう」

「だろう」

「タリカウ近辺の迷宮がどの程度駆逐されたか分かりませんしその影響があったかどうかも分かりませんが、ただ、あそこは島で人が住んでいたかも分かりませんから、時間ほどは成長していない可能性があります」

あ。なるほど。

迷宮は人をエサにしているのだった。

エサといっても、肉体なのか魔力なのか人が持つ何かなのかはともかく。

人をエサに活動し、人をエサに成長する。

光合成とかしているわけじゃないから、勝手に大きくなるのではない。

エサを取り込んで、活動に必要な量を引いた余剰分で成長する。

人がいないところにある迷宮はどんどん成長するというわけではないのか。

迷宮生も世知辛い。

周囲に人がいなければ成長は鈍る。

周囲に人がいれば討伐される可能性が高まる。

そしてもう一つ、近くにある迷宮が討伐されてしまうとその影響で弱くなってしまう。

なかなかに厳しい。

フグは食いたし命は惜しし。

人がいないところだとエサが欠乏するし、人が多いところでは、討伐されてしまうかもしれないし、討伐されないようにうまく頑張ったとしても周囲の迷宮がドジを踏んで弱くさせられてしまうかもしれない。

周囲の迷宮が討伐されてしまうのは完全に他人のせいではあるが、堤防だって上流でダムが決壊したら下流の堤防は耐えられないだろうから、仕方がないことではある。

堤防生も世知辛い。

迷宮も堤防も人間じゃないじゃんと言うなかれ。

バンドメンバーが麻薬で逮捕されて活動自粛を余儀なくされたりすることもよくある。

んで、そいつがキレイな身になって戻ってくるから待っててくれとかコメント出して、ファンや事務所もすっかりその気になって、おまけに懲役五年の実刑判決でも食らった日にゃあ、ホントもうどうすりゃいいのよという話だ。

逮捕されるような生活の乱れたバンドメンバーがいたら対処しとけというかもしれないが、ステージ降りたら顔も合わせたくないのがバンドメンバーやで。

バンド人生も世知辛い。

そういえば、ネスコの奥の迷宮へ最初に行ったとき、迷宮がどれくらい成長しているかはケースバイケースだとセリーは言っていたが、こういう事情があるのか。

ネスコ付近はほったらかされて迷宮がぼこぼこできていたから、成長は速そうだ。

逆に言うと、ハルツ公爵のところみたいにきっちり迷宮に対処していると、迷宮の成長も遅くなると。

ハルツ公爵領の迷宮に入ったのは、思った以上に公爵に恩を売ったのかもしれない。循環が回り続けることに力を貸し、逆回転へと反転するのを阻止したのであるならば。

帝国解放会への紹介はそのためか。

ルティナを寄越したのもそのおかげか。

いや。ハルツ公爵はもっと俺に恩を感じてもいい。

感謝してもいい。

どれだけ感謝してもし足りないくらいだ。

きっちり迷宮に対処しているハルツ公爵領のようなところは、迷宮が出現しても成長しないうちに倒せるし、それで周りの迷宮の成長も鈍って、倒しやすくなる。周囲の迷宮を討伐してまた次の迷宮へと、どんどん好循環が回っていく。

迷宮に対処しきれない前セルマー伯爵領のようなところは、倒せないうちに周囲の迷宮も成長して、ますます討伐できなくなる。悪循環だ。

周辺に領地を持っているところも大迷惑だ。

それはクーデターでも起こせという話になるわな。

「そういうもんか」

「はい」

まあ、この話は深入りするわけにはいかない。

セルマー伯が迷宮に対処できないためにうちに来たのがルティナだ。

ルティナの前でそんな話を持ち出すのはよくないだろう。

セリーのほうも心得ているのか深く説明してはこなかった。

「では、この部屋にはもう用はないか？」

「そうですね」

まあセリーは休みのときは帝都の図書館や帝国解放会の資料室にこもっているからな。

いまさらほかの資料といっても、新しく珍しいのは難しいだろう。

「分かった」

「物珍しかったのは、なんか帝都にある店の情報くらいでしょうか」

「帝都の店の情報とかがあったんだ」

「そうですよね。だから珍しいかと」

変な情報が紛れ込んでいるものだ。

「靴下の店では？」

ルティナが指摘する。

心当たりがあるらしい。

「はい。確かそんなようなことが」

「靴下を履く習慣はあまり一般的ではありませんが、脚が細く見える靴下というのが一族に伝わる名品だそうです。女性としてはどうしてもそういうのが気がかりですし、エルフにはスリムな方が多いですが、中には少々気になさる方もおられて。そういう人にとって救世主だと聞いたことがあります」

つまりデブ用のアイテムということだろうか。

言葉を濁してはいるが。

体重の不自由な方々だ。

あるいは、食欲の抑制に困難を覚える人々とか。

幸いなことにうちには必要ないな。

「へえ。そんなものがあるのですか」

しかし、ロクサーヌが食いついた。

「お、おう」

「ええっと。確か、これですね」

「ふむふむ」

セリーから資料をもらって興味深げにのぞき込んでいる。

「まあ、ロクサーヌなら脚をスリムに見せる必要はないだろう」

「ありがとうございます。でも気になるじゃないですか」

「そうか」

そういうものなんだろうか。

女心というやつか。

「ああ。でもなんか販売方法が特殊みたいですね」

「その辺も聞いています。原料のミスリルスレッドを購入者側で用意する必要があって、それを持っていくと、一族の者にだけ特注で作って売ってくれるそうです」

ロクサーヌが資料を読むと、ルティナが補足した。

聞いたことがあるとか、ちょっと小耳にはさんだ、みたいな言い方をしていたが、実はルティナも興味津々だったんじゃないだろうか。

装う女心というやつだろうか。

やはり気になるのだろうか。

ルティナなんかはむしろ脚が細すぎて、むっちり見せるくらいがいいだろうに。

そういうのもあるかもしれないが。

あるな。可能性としては。

ただし、そんなことになったら迷宮攻略なんかやっていられないかもしれない。

毎日毎日ベッドで攻略だ。

「うむ。それもまたよし」

「いいんですか?」

「うっ……。いや、まあいいだろう」

つぶやきをルティナに聞きとがめられてしまった。

それもまたよし。

「そうなんですね」

「そういうのもありだ。ルティナが行けば、売ってくれるのだろう?」

「多分売ってくれるだろうとは思いますが」

「ならば一度行ってみようではないか」

なんかそんな話になってしまう。

勢いで。

まあむっちり見せるようなものがあるかもしれないし。

「お高いものですが」

「一度くらいは手に入れてみるのもいいだろう」

ものは試しだよな。

「ありがとうございます。ただミスリルスレッドって」

「クーラタルの迷宮だと四十四階層のボスであるシルバーキャタピラーがごくまれに出すレアアイテムになりますね」

ロクサーヌが尋ね、セリーが答えた。

四十四階層というのがいい。

ちょうどいいよな。

なかなかいい塩梅《あんばい》だ。

四十五階層より上の階層のボスが相手でもものともしないロクサーヌに引っ張られて、俺たちが迷宮で戦う階層は上がっている。

すごい勢いで上がっている。

速いペースで上がっている。

上昇の一途だ。

本当にこれでいいのか。

悩みは尽きない。

迷宮は本来、命を賭ける場所だ。命を争う場所だ。

自分に合った階層の判断を誤れば、命を失う。

だから、俺としては、じっくり見極めながらゆっくり上がっていきたい。びっくりするほどざっくりとした判断でさっくり上がっていかず、しっくりくるまでは腰を据えたい。ぎっくり折れてがっくりしてぽっくり逝ってしまうようなことはさけたい。

見極めるための時間と精神的な余裕がほしい。

それなのにロクサーヌときたら。

この程度の敵は問題ないとばかりに、まだまだ、の一言でばっさりと切って捨て、あっさりと上の階層へ行こうとする。

おかげで随分進んでしまった。

ここらで、じっくり四十四階層のボス戦を繰り返すのもいいのではないだろうか。

いい。

いいはずだ。

俺はそうしたい。

俺がそうしたい。

ならばそうするまで。

「クーラタルの四十四階層か。ちょうどいいな。上の階層へ進むための準備にもなるし、しばらくはボス戦を繰り返してアイテムを集めるか」

「もうすでに四十四階層のボスなど敵ではありませんが」

「き、基本は大事だからな。比較的緩い敵と戦って、基本を確認することも大切だろう」

「それはそうですが」

ロクサーヌに言わせれば四十四階層のボスなど敵ではないらしい。

それはまあ勝てないとは言わないけどさあ。

いや。

いかんいかん。

こういうふうにロクサーヌに流されるのがよくない。

一歩一歩、地道に、着実に、実力をつけていくのがいいのだ。

そのために、ゆっくり進んでいくのだ。

「ロクサーヌたちはかわいいからな。着飾るチャンスがあるのなら、それを無にすることはありえない。ミスリルスレッドは是非とも手に入れるべきだろう」

「あ、ありがとうございます」

「クーラタルの四十四階層なら、条件も悪くない。難しすぎるということもないし」

「それはもちろんです」

「ミスリルスレッドは今までに何回か出たが、全部売ってしまったからな。これから集めていくことになるだろう」

「そうですね」

よし。

完全勝訴。

勝訴と書いた紙を持って走り回りたい。

迷宮の出口から外に出て掲げたい。

自らの正しさを世に知らしめたい。

ちなみに、勝訴の反対は、敗訴ではなく不当判決だ。

勝ったのは俺のおかげ。負ければ俺以外のせい。

単純明快な世の真理である。

「靴下を作るのにミスリルスレッドが三個必要だと書いてありますね」

セリーが教えてくれた。

三個というのが、さらにいい。

ミスリルスレッドは、一日クーラタルの四十四階層でボス戦を繰り返してドロップするのは一個か二個かというレアアイテムだ。

食材じゃないから料理人をつけてもドロップ率がアップしたりはしないだろうし。
つまり何日もかかる。
何日もこもることになる。
好都合だ。
「まあ仕方がないだろう。当然、全員分作ることになる」
「分かりました」
なんなら三個じゃなくて十個くらい要求してくれてもいいくらいだ。
手間賃としてそのくらいは要求しないか？
あ。
実は、靴下を作るのにミスリルスレッド一個必要で、二個はマージンだとか。
それもまたよし。
好都合だ。
全員分どころか、一人一つで足りるかという問題もある。
ますます好都合だ。
最近は駆け足で迷宮で戦う階層を上げてきているからな。
ここらでじっくり力を蓄えるのもいいだろう。
力を蓄える。そのためには、四十四階層にこもる。四十四階層でボス戦を繰り返す。

レアドロップがたっぷり集まるまで。

それが明日の力となるだろう。

「やる、です」

「大丈夫だと思います」

「諸侯会議のためにそれもいいでしょう」

ミリア、ベスタ、ルティナの三人も賛成してくれる。

決定だな。

「よし。そうと決まったら、クーラタルの四十四階層に移動するか。セリーはまだなんかここに用があるか？」

「いいえ。細かく精査すれば何か情報が出てくるかもしれませんが、そこまでするほどでもないと思います」

セリーもここに未練はないようなので、クーラタルの迷宮へと移動した。

四十四階層ボス部屋近くの小部屋に出て、決戦の地へと急ぐ。

いや。別に俺は急いではいないが。

主にロクサーヌが。

「うーん。向こうから魔物の臭いがしますが、ちょっと遠回りになりますか。ボス部屋へ進むべきですね」

「多少寄り道するくらいはいいんじゃないか」

　ゆっくりでいいのよ。ゆっくりで。

　急がず慌てず。

「そうですか？　まあ魔物の数も多いみたいなので戦っていきたかったんですよね。よかったです。ちょうどいいですね」

「……」

　くっそ。

　だまされた。

　行く気ないそぶりを見せるからそんなに数は多くないと思うじゃん。今まで魔物が多いところには積極的に突っ込んでいったロクサーヌなのに。

　押すなよ、絶対押すなよ、という発言だったのか。

　いいかおまえら、押すんじゃないぞ。

「やる、です」

「大丈夫だと思います」

　だからロクサーヌをけしかけるんじゃない。

　けしかけられたロクサーヌに連れられ、道中の雑多な魔物とたっぷり戦いながら、ボス周回を行う。

まあしょうがない。

寄り道をすれば、その分だけ時間がかかる。

レアドロップが集まるのに遅くなる。

ボス周回をする期間が長くなる。

悪いことではない。

それも、ロクサーヌの主導によって行うのだから文句も言えまい。

いまさら、四十四階層の魔物相手でピンチに陥るようなことはないだろうし。

ないよね？

そういうのを見極めるために、ある程度の余裕を持って、ゆっくり階層を上がっていきたかったのだが。

まあ、勝てない相手ではない。

かといって目をつぶっていて勝てるほどの相手でもなく、緊張感をもって戦えるので、ちょうどいいくらいの敵だろう。

こういうのでいいんだよ、こういうので。

「やはり楽勝でしたね」

いやいや。

それほどでもないから。

結構ひやひやものだよ。

「基本は大事だからな。こういう相手にこつこつと積み上げていくことが大切だ」

わけの分からない援護をしてしまう。

もっと遠回りしてくれていいのよ。

「そうですね」

「そうだ」

おおっ。

分かってくれたか。

「今後とも、魔物の数が多いところを攻めましょう」

「う、うむ」

ちょっと違う。

「まあ今回はボス部屋がすぐそこですが」

しかも遠回りはなしか。

しょうがない。

ボス部屋へ行ってボスと戦う。

クーラタル迷宮四十四階層のボスは、シルバーキャタピラーが二匹だ。

それなりには多分強いのだろうが、まあ戦える。

多分、というのは、最後まで実力をフルに発揮させたことがないからだ。

それというのも。

ミリアが早くに無力化してしまうから。

「やった、です」

まあ、三十四階層から四十四階層までボス部屋に出てくるのはボスが二匹だけなので、ロクサーヌとベスタがそれぞれ一匹ずつ相手にする以上、最後まで戦ったとしても滅多なことにはならないだろう。

それでも、ミリアの石化頼みというのはちょっと怖い。

上の階層へ行ったとき、いつか石化の効かない相手が出てくるだろうから。

ある程度は長時間でも安定して戦えるようになりたいのだが。

「さすがですね」

ロクサーヌには簡単に終わりすぎて楽勝に思えるのだろうが、必ずしも常にそうなると限ったわけではない。

ときにはうまくいかないこともあるかもしれない。

最悪の場合、というのも想定していただきたい。

ロクサーヌが何かつぶやいているのを横目に、俺はデュランダルで石化したボスを倒すことにいそしむ。

デュランダルで石化したボスを削っているおかげでＨＰもＭＰも言ってみればほぼ常時満タンだから、最悪の事態が考えづらくはあるが。

ＭＰがカラになるまで回復魔法を連打させられる、なんてことにはならない。

多分、ではなく、おそらく絶対に。

だから、もう少し上の階層で戦っていいのかもしれない。

いかん。

いかんぞお。

ロクサーヌに思考が乱されている。

汚染されている。

汚物は消毒だ。

第六十二章　ストッキング

ロクサーヌ

現時点のレベル&装備

巫女	*Lv44*
装備	レイピア 鋼鉄の盾 竜革のジャケット 耐風のダマスカス鋼額金 硬革のグローブ 柳の硬革靴 身代わりのミサンガ

「それでは、いきます」

安定のボス周回を続けている。

順調だ。

素晴らしく順調だ。

この上もなく順調だ。

ほどよい緊張、ほどよい運動、ほどよい鍛錬。

ロクサーヌが言うほど楽勝ではないが、絶体絶命のピンチに追い込まれることはなく、その心配もしなくていいくらいにほどよく安定している。

だらけることもなく、重圧がかかることもなく。

安定と透徹の澄み渡った迷宮行脚だ。

ロクサーヌだって、このように楽しげに声をかけボス部屋に入っていくくらいだから、不満に思っているはずはない。

これを順調と言わずして何を順調と言うのか。

順調だ。

とても順調だ。

心地よいほどに。

恐ろしいほどに。

悪い要素など何もないほどに。

そしてもちろん、一日が終われば疲れを癒しストレスを解放する至高のひと時が待っている。

これを喜びと言わずして何を喜びとするのか。

順調だ。

快適だ。

最高だ。

色魔さまさまだ。

まあ、色魔なしでも行けそうな気はするが。

しかし毎日となると大変だろう。保険が必要な場合もあるに違いない。

だからこれでいいのだ。

ボス部屋の中に入ると、煙が集まり、二匹のシルバーキャタピラーが姿を現した。

白金の肌を持った大きな芋虫だ。

ロクサーヌとベスタが、それぞれ一匹ずつを受け持って正面に立つ。

二匹の中間地点、斜め前方には、セリーが強権の鋼鉄槍《やり》を持ってどっしりとかまえた。

そしてボスを睥睨《へいげい》する。

強権の鉄鋼槍はスキルや魔法の発動をキャンセルできる武具だ。これで魔物の強い攻撃はほとんど封じられたことになる。

ボスといえどあとは滅びのときを待つしかない。

普通の攻撃なら、ロクサーヌとベスタがなんとでもしてくれる。

ルティナはその場で魔法を放ち、ミリアと俺は外を回りこんで魔物に向かった。

俺の運動量は多い。

しかも、ミリアがまず適当な魔物を選び、俺はそれを確認してから自分のポジションを決めるので、どうしても外を回らされることになる。

動く量は多い。

なんといってもこの戦いの中心はミリアの石化スキルだから。

当然ミリアが第一、俺は二の次である。

ミリア優先なのは仕方ない。

俺は二の次、三の次。

なんだか小間使いのようである。

リリース直前のプログラマーのようである。

馬車馬のように走らされる。

鬼のように走らされる。

中学時に大した実績もないのに運だけで甲子園常連の強豪校に入部した新入野球部員の

ように走らされる。
ゆ、ユーティリティープレーヤーだから、俺は。
魔法も撃てるし回復もできるし剣も使えるし、あれこれできる。
いろいろできるのだ。
そう、ひとつところにとどまらない男。
それが俺。
器がでかい。
モノが違う。
あれもこれもこなせる。
だから、ボスのところへ向かうのにミリアのさらに外側を回るくらいは当然だ。
俺のみができる役目なのだ。
俺にしかできない芸当なのだ。
外を回った分、こうして背後から攻撃できるメリットもあるしな。
魔物と向き合っていないから自由に攻撃できる。
好き勝手に。
ゲッ。
シルバーキャタピラーが尻で攻撃してきやがった。

芋虫のくせに。

こいつ、動くぞ。

「やった、です」

おっと。

ミリアが石化させたか。

これで動かなくなった。

後ろを攻撃しようなどと変なところに意識が向いているから、ミリアの攻撃をまともに食らって石化させられてしまうのだ。

つまり、この石化はもう俺のおかげと言って過言ではあるまい。

「よし。よくやった」

えらいぞ、俺。

そしてもう一匹に襲いかかる。

またミリアの外を回って。

仕方ない。

仕方がないことなのだ。

ミリアが少しでも早く攻撃に加わることが何よりも優先である。

「やった、です」

ほら。

またしても、ミリアがシルバーキャタピラーを石化させた。

それもこれも俺のおかげである。

少しは。

一割くらいは。

多分。

クーラタル迷宮四十四階層のボス周回はこのように安定状態をキープし続けている。

もともとボス二匹が相手なのでロクサーヌとベスタがそれぞれ正面に立てば前線は安定するし、ボス部屋には邪魔が入ってくることもない。

安心安全だ。

いい。

実にいい。

いいことずくめのボス周回だ。

もっとも、終わりのときは着実に近づいてきている。

ミスリルスレッドがたまってきた。

ここまで、さすがのロクサーヌも早く上に行こうとは言ってきていない。

自らが興味を持った靴下を作るためなので当然だ。

集めきって解放されたときにずんずん上に行こうと反動が来るのが怖い。

いや。今度は地図のあるクーラタルの迷宮ではなく、入り口に案内してもらっただけの未知の迷宮へ行く。

さすがのロクサーヌでもいかんともしがたいはずだ。

簡単には上がって行けまい。

張り切って探索はするだろうが、その程度だろう。そのくらいはしょうがない。むしろ張り切って探索してくれてよい。大歓迎だ。

ワンチャン、次も四十五階層で慣れるまでボス周回という手があるかもしれないなさそうだが。

提案してみるだけならタダか。

いや。軟弱なやつだと見放されるおそれもあるか。

どうするのが正解なんだろう。

悩みは多い。

「おっ」

そんなことをうだうだ考えながらデュランダルで石化した魔物を削っていると、ボスは煙となって消え、ミスリルスレッドを残した。

「あっ。これでそろいましたね」

「う、うむ」

ロクサーヌが真っ先に拾って持ってくる。

これで十五個めのミスリルスレッドだ。

数もばっちり把握しているらしい。

ごまかすことはできないようだ。

ロクサーヌをとどめておけるのもここまでか。

「楽しみです」

「そうだな」

「これからすぐ、新しい迷宮に移動しますか?」

楽しみなのは新しい迷宮か。

靴下じゃないのかよ。

「いや。もう時間も中途半端だ。朝食を取って、帝都の店に行ってからでいいだろう」

「そうですか?」

「お、おう」

不満そうだな。

まあ不満なのかもしれないが。

「そうですね。少しの時間しかないのであるならば、このままここで四十五階層のボス戦を繰り返すというのもありといえばありですか」
なんか条件変わってない？
四十四階層のボス戦を繰り返すのではないらしい。
その手はなしか？
なしなのか？
だいたい、ものすごい妥協を強いられたみたいに発言しないでくれないかな。
全然違うからな。
妥協してないからな。
むしろごり押しだからな。
「いやいや。時間もあまりないのだし、このまま四十四階層では」
「時間がないのなら四十五階層では？」
どういう理屈だよ。
それでは妥協のだの字も見えないだろう。
妥協しているのはこっちだと言いたい。
四十四階層でボス戦をする理由はなくなってしまったとはいえ。
ただし、四十四階層にこもっている間によいこともあった。
僧侶がLv50になったのだ。

そして沙門《しゃもん》Lv1のジョブを得た。

僧侶の上級職が沙門らしい。

これでますます強く戦えるだろう。

次にLv50に達して上級職を得るのは英雄か神官か。

「ええっと。今、順調に来てますし、勢いというのも大切では」

セリーが仲介してきた。

ちっ。向こうについたか。

しかしセリーならば説得する手はある。

「それはギャンブラーの誤謬《ごびゅう》というやつだな」

「ギャンブラーの誤謬、ですか？」

やはり知らないようだ。

というかまあ、知るわけはない。

「コインを投げたとき、表が出る確率が二分の一、裏が出る確率が二分の一とする。これはどんな状況でも変わらない。例えば、前回表が出た場合でも、三回続けて表が出たときでも、十回続けて表が出ようとも、次にコインを投げたときに表が出る確率は二分の一、裏が出る確率は二分の一だ。しかし人というのは往々にして、前回は表だったから次も表が出るだろうとか、何回か表が続いたから次こそは裏が出るだろうとか考えがちだ。これをギャンブラーの誤謬という。たとえ表の出ることがここしばらく多かったとしても、次に表が出る確率が上がるわけではない」

「うーん。なるほど。しかし、表の出ることが十回も続くようなら、表の出る確率を二分の一とした最初の仮定をこそ修正すべきでは？」

……ベイズ推定……だと……？

正論で殴りに行ったら正論で殴り返されたでござる。

これだからセリーは。

ミチオの霊圧が消えた。

実際、現物のコインだと刻印や肖像画などの影響があり表裏の出る確率には偏りが出るそうだ。

「い、いや。人はそういうふうに間違った判断をしがちだという話だから。ギャンブラーの誤謬はホットハンドの誤謬と同じものと考えられるから」

「ホットハンドの誤謬、ですか？」

「成功した人は成功しやすいと考える誤謬だ。たくさんの鍛冶師を集めて、スキル結晶を融合させる。成功した人だけを残して、二回目の融合を行う。そこで成功した人だけを、さらに三回目に……」

「それは間違いですね。一回目の試行で成功しようがしまいが、二回目の融合で成功する確率は変わりません」

セリーが食い気味に否定してくる。

そうだろう、そうだろう。

一体いつから、正論で殴り合っていると錯覚していた？

セリーの霊圧が消えた。

最初の打席でヒットを打った二割打者を、今日は調子がよさそうだから、と敬遠して、最初の打席は凡打で終わった三割打者と勝負するのは間違っている。

前の打席でヒットを打とうが二割打者は二割打者。前の打席凡退しようが三割バッターは三割バッターなのだ。

ちなみに、過去のＭＬＢの記録から、ノーアウト一塁のケースはワンアウト二塁の場合よりも結果が良いことが分かっている。日本のプロ野球の統計でも同じであり、これが、ノーアウトで一塁に出たランナーに送りバントを使うべきではない理由となる。せっかくのノーアウト一塁がワンアウト二塁になってしまうと、統計上得点への期待値は下がる。過去の実績でワンアウト二塁はノーアウト一塁よりも点を取れていないからだ。

「なにやらよく分かりませんが分かりました」

「うむ」

ロクサーヌも理解してくれた。

これがセイバーメトリクスの神髄。

送りバントは使わず、四十五階層は時間を置いて。

「四十四階層のボスも四十五階層のボスもなんの問題もなく勝てるという点では同じです。つまりなんの問題もありませんね」

効いていない……だと？

人の話は聞け。

ロクサーヌよ、そういうとこだぞ。

「なるほど。両方とも問題なく勝てるのなら、両方とも勝つ確率は一で、誤謬など起こりようがありませんね」

セリーよ、間違っているぞ。

「ない、です」

「大丈夫だと思います」

おかげでこいつら二人もつられてしまったではないか。

ミリアとベスタには何も期待していないが。

「諸侯会議のためにはいずれにせよ行くしかありませんね」

おまえは何を言ってるんだ。

言葉の意味は分からないが、ルティナまでが向こうについてしまったようだ。

「さあ、行きますよ」

あまりの結果に震えていたら、ロクサーヌがさっさと出発してしまう。

セリーを取り込めなかった時点でこうなることは時間の問題だったとはいえ。

四十五階層のボス部屋の位置が分からない、なんてことがロクサーヌに限ってあるはずもなく。

あっさりと四十五階層のボス戦となってしまった。

「四十五階層からはボスが二匹と、そのほかに魔物が二匹出てきます」

待機部屋でセリーが説明してくれる。

十一階層はボスが一匹のみ、十二階層からのボス部屋では、ボス一匹に加え、その階層で登場する魔物が一匹、お付きの魔物として出てくる。

四十四階層はボスが二匹だから、四十五階層はボス二匹とお付きの魔物が二匹、ということだろう。

なるほど。

「それってかなり強いのでは」

「はい。強くなってくれているといいですね」

いいと思えるのはロクサーヌだけだ。

「まあ、数は増えますが相手それ自体は特別なところはありません。落ち着いて対処していけば問題になることはないでしょう」

セリーのほうは相変わらず冷徹ですね。

しかし数が増えれば質に転化するということもあるのだぞ。

「そうかもしれないが」

「はい。ボスはおまかせください。私とベスタとで完璧に抑えられるでしょう」

「大丈夫だと思います」

「う、うむ」

ベスタもロクサーヌに乗せられるんじゃねえよ。

まあいつもどおりといえばいつもどおりか。

変な緊張感はないと前向きに捉えておこう。

「ベスタも、ほかのみんなも、チャンスがあれば魔物は私に押しつけていいですからね。四十五階層の魔物ごとき、束になってかかってくるくらいでないと」

戦いの前に言ってみたい三大セリフ。

束になってかかってこい、死にたいやつからかかってこい、あと一つは何?

これから戦う魔物にごときをつけちゃう女の人って。

「魔物が四匹なので、私も前に出ます。この槍はルティナに渡しておきますから、棍棒《こんぼう》をいただけますか」

ロクサーヌの発言をスルーしてセリーが俺に要求した。

「お、おう」

「魔物が詠唱を開始したら、この槍で突いてください。基本的にはボスを中心に見るのがいいでしょう。ボス以外の二匹の詠唱は無視するのも手です。ただし、ホワイトキャタピラーは糸を吐いてくる場合もあるので要注意です。それ以外の攻撃魔法は多少打たれても問題ありません。よほど余裕がない場合か、あるいは逆によほど余裕にあふれている場合を除き、ボスを射程に捉えている立ち位置から大きく動く必要はないでしょう」

セリーがルティナに強権の鋼鉄槍を渡しながらアドバイスする。

あくまで冷静に戦闘を考えているのね。

その上で問題ないと言っているのだから本当に問題はないか。

「分かりました」

「あ。戦えるようなら、一度ボスの攻撃魔法を放っておいて受けてみることも必要です。

その判断はまかせます」

「は、はい」

誰でもがセリーのように冷徹に判断できると思うなよ。

ルティナが若干引き気味じゃないか。

まあ、一度魔物の攻撃を受けてみようと最初に言い出したのは俺のような気がしないでもないが。

だって攻撃を受けることなくどんどん上の階層へ進んだらどうなると思うよ。

うむ。

必要だ。

必要だよな。

試しに攻撃を受けてみることも大切だ。

「大丈夫です。四十五階層のボス程度の攻撃でピンチになることはありません」

セリーまでが四十五階層のボス程度などと認識しているのか。

誰かさんに毒されすぎじゃないか。

もっと冷静になれ。

「そうですよね」

「魔法を受けるのはもっと上の階層へ行ったときの用心です」

「はい」

隙あらば上の階層へ連れて行こうとする人がいるからな。

冷静に考えた結果なのか。

なるほど。

うむ。

何も言うまい。

「だから、今回今すぐという話ではありません。そのうち様子を見て、ということです」

「分かりました」

「では行くぞ」

話もついたようなのでボス部屋に突入する。

魔物四匹が現れた。

ボス二匹をロクサーヌとベスタが、ほかをセリーとミリアが引き受ける。

それぞれ魔物の正面にかまえた。

乱戦が予想される……。

「やった、です」

とはならなかった。

ミリアが石化していったので。

いや。乱戦ではあったのか。

激戦ではないだけで。

それにしても早すぎ。

ミリアが狙う先々の魔物に暗殺者で状態異常耐性ダウンをかけていったが、危うく間に合わなくなるところだった。

まあ状態異常耐性ダウンをかけていったからすぐに石化したともいえるが。

早すぎる。

最初の一匹が石化されると、次からは正面で相手をせず横から好き勝手殴るだけなので手数が増えてますます石化しやすくなるんだよな。

だから、常にこんな簡単にはいかないはず。

「ミリア、よくやった」

「はい、です」

「それではもう一周ですね」

「次もこんなに簡単にいくとは限らないからな。気を引き締めて行こう」

と、そんなふうに考えていた時期が、俺にもありました。

朝食までの間に四十五階層でボス戦を繰り返す。

戦いは、危うげなく過ぎていった。

ミリアの暗殺者の力で。

腕上げてないか。

まあ今までだってそうだったといえばそうだったが。

でもここまで圧倒的ではなかったような気はする。

どうだったっけっかな。

自信がなくなる。

それくらいすごい。

ミリアがビシバシと魔物を石化し片づけていく。

「やった、です」

「またまたミリアが終わらせたか。すごいな。えらいぞ」

「はい、です」

「はい。ご主人様やミリアのおかげで、四十五階層のボス戦も楽勝でしたね」

おかげで調子づかせてはいけない人を調子づかせてしまったではないか。

「ここのボスからは戦闘時間も増えましたからね」

ああ。

なるほど。

セリーの言うとおりか。

四十五階層のボスからは一段強くなっているから戦闘時間が延びる。戦っている時間が長くなるから石化するチャンスも増える。ミリアが魔物を石化することが増える。ミリア大活躍。というわけだ。

多分、戦っている時間で割れば、単位戦闘時間当たりの石化数はそれほど変わってないと思う。急に腕を上げたとか、圧倒的にうまくなったとかいうことはない。

石化させる前に倒し切っていた分が減って、石化で終わる数が増えた。

キルマークの星は稼ぎが増えているということだ。

そうだったのか。

今まではミリアが石化する前に魔物を倒せていただけということだな。

ミリアにはずいぶん助けられてきたが、本領はあんなものではなかったと。

逆に言えば、ミリアからすれば敵が物足りなかったのかもしれない。

何も考えずロクサーヌに賛同していたわけではなかったということだろうか。

ようやくミリアの能力に迷宮が追いついてきたと。

今までミリアにとっては余裕だったと。

「ま、気を抜かずにやっていこう」

「はい。戦闘は遊びではありませんからね」

迷宮で遊んでいるような人がよく言う。

「そうですね。気を引き締めていきましょう」

「はい、です」

やっぱミリアはなんにも考えてないだろ。

まあしょうがない。

「そろそろ食事の時間ですか」

「お。そうか」

そんなところで、ロクサーヌから待ったがかかった。

早くも時間か。

ちょうどよかったな。

「確かに、少し興が乗っていざこれから、というところで中断するのはマイナスですね。ご主人様の懸念がよく分かりました。中途半端な時間に始めたのはよくなかったかもしれません。私の認識不足だったようです」

相変わらずロクサーヌは何を言っているんだ?

少し興が乗ったところとか。

十分やっただろう。

十二分にやっただろう。

むしろやりすぎたくらいだ。

「いや。物事をなすにはなじませて発酵させるための時間も必要だからな。これくらいでかえってよかったかもしれん」

「なるほど。常在戦場の心構えですね」

おまえは何を言っているんだ?

いや。ツッコミは入れないぞ。

突っ込まないからな。
心を鬼にして自重し、食事へと切り替える。
迷宮を出てしまえば、ロクサーヌも普通の少女だ。
むしろ圧倒的美少女と言っていい。
うむ。
素晴らしい。
そしてもちろん、迷宮を出たらルティナの装備品を外すことも必要だ。
常在戦場とはいえ、いつもいつも装備品を着けていたら気が休まらないからな。
適宜着け外しを行うことは大切だ。
俺のためにも。
ルティナのためにも。
ウインウインの関係と言えよう。
そうして朝食をすませてから、帝都へと飛んだ。
「うーん。しかし靴下も、若干の予備があったほうがよくないか？」
店へ行きがてら、提案してみる。
別に、この期に及んで時間稼ぎをしようというのではない。
さらに四十四階層でボス戦を続けようとか、もくろんではいない。

英雄か神官が上位職になるまで、とは考えていない。

そこまではさすがに無理だろう。

純粋なる疑問だ。

靴下の製作には原材料としてミスリルスレッドが三個いる。五人分で十五個だ。

今回ですべて使い切ってしまう。

「問題ありません」

ロクサーヌはバッサリだ。

「予備と言いますが、どんな事態があるのでしょうか」

セリーよ、よく聞いてくれた。

靴下だから破れたりとか片方なくしたりとかいろいろあるだろう。

「伝線とか」

「んー。よく分かりません」

セリーにはよく分からないらしい。

まあ俺が分かるかというとよく分からないわけだが。

ストッキングの伝線とか、まったく縁がない人生を送ってきたよ。

悪かったな。

「そ、そうか」

「なんにせよ、一度入手してから考えればいいことだと思います」

「それはそうだが。あとは、……値上げとか？」

どんな事態というか不測の事態だよ。

あるだろう。

「原材料として必要ということだったので、増えたりはしないと思います」

こいつ、正論を。

セリーだからしょうがない。

「う、うむ」

「まあ、加工費は別だと思いますが」

「なるほど、確かに。そっちの値上げならなくはない。あと、実は片方三個で、一そろい二足だと六個いるとか」

「どんな事態があったとしても、一度行ってみて、必要があるようならまた四十四階層でボス戦をすればいいのではないでしょうか」

セリーの冷徹な意見でバッサバッサと斬られてしまう。

おまえはどっちの味方なのか。

ロクサーヌの暴走を止めるほうであってほしい。

まあここまでが限界か。

頑張ってよく粘ったほうだろう。

「そう、だな」

「こっちのようですね」

帝都の冒険者ギルドからは、セリーが案内してくれた。

もともと資料を読み込んでいたのはセリーだし。

さすがのロクサーヌも帝都の地理にまでは詳しくない。

詳しくないよな？

「ええっと。ここか？」

「……はい。資料に書いてあった地図を見る限り」

到着したのは普通の建物だ。

お店とかではない。

普通の住宅。あるいはよく言って、せいぜい倉庫か工場ではあるかもしれないといった感じのなんの飾り気もない建物だった。

工場というより作業場だろう。

おばば様のところで見た資料によるとここらしい。

まあそれ以外にどこで知ったんだよという話だが。

あの資料はロクサーヌも見ていた。

やはり帝都の地図は見分けられないようだ。

迷宮の地図は、なにがなにやら全然分からない、奥行って右、とかの情報でもサクサク進んでいくというのに。

「まあ入ってみるしかないか」

「そうですね」

看板などもない。

とりあえず入ってみなければ始まらない。

開けっ放しになっているのでもない、普通の扉から中に入る。

中は、雑多な倉庫だった。

狭くもないし物があふれているということもないが、何かが乱雑に積んである。ただの物置だ。別にほこりっぽくはないが、見た目ほこりっぽい感じ。

受付になっているのでもない。

店舗などではさらにない。

微塵《みじん》もない。

「誰？……あ、いや。いらっしゃい」

やってきた女性が厳しく誰何《すいか》しようとしてきたが、途中で態度が変わった。

俺じゃない誰かを見て。

あ。ルティナか。

なるほど。

一族の紹介で靴下を作るというのは正しいようだ。

俺はルティナの顔を見て、場所を譲る。

ここはルティナにまかせるのがいいだろう。

「え?……あ、あの」

「カッサンドラ様のご一族の方ですか?」

「は、はい」

まかされたルティナは戸惑っていたが、向こうが勝手に対応した。

やはりルティナで正解だ。

「何か証するものをお持ちですか」

「……」

「これを」

おばば様から預かったワッペンを横からルティナに渡してやる。

「はい。確認させていただきました。ありがとうございます。本日は靴下のご用命でしょうか。それとも何かほかに?」

向こうはワッペンをちらりと見ただけで受け入れた。

詳細に確認せずともいいのか。

一目見て分かるものなんだろうか。

なんかの魔術的要素が隠されているとか。

聞いたことないな。

まあ、手に取ってためつすがめつ念入りに注意深く事細かに精査したとして、何が分かるのかという問題もある。

分からんわな。

あるいは、貴族のエンブレムなんかは偽造がないものとして信頼されているのかもしれない。下手に偽造したらえらいことになりそうだし。

地獄の底まで追われかねない。

あのおばば様ならやる。

やらいでか。

この世界では関係者丸ごと責任が及びかねない。罪九族に及ぶ。

偽造には手を出しにくいだろう。

だから、だいたい合ってればいいのか。

「……靴下だな」

ルティナが何も言わないので、俺が対応した。

別にルティナがほしがったわけではないけどさ。

「はい。色はどうしましょうか」

「色があるのか？」

「一般的な黒に、白と薄紅。細く見えて美しいのは黒ですが、こちらのお嬢様方なら白もよさそうです」

色があるのか。

「一般的なら黒でいいか？」

ロクサーヌたちに聞いてみる。

「はい。おまかせします」

「じゃあ黒で」

ロクサーヌが黒でいいというので、黒にする。

「原材料として一人分当たりミスリルスレッド三個を先にいただき、出来上がったときに千ナールをお支払いいただきます」

「ここにいる女性の五人分頼む」

「かしこまりました」

さすがに値上げとかはなかった。

値上げして千ナールかもしれないが。

そっちはどうでもいい。

たかが靴下で千ナールもするか、というのもおいといてだ。

ミスリルスレッドを十五個渡す。

「ではこれで」

「確かにお預かりしました。明日以降ならお渡しできます」

「早いな」

「繊細な品ですが、うちには熟練の職人がおりますから。うちの職人の腕をもってすれば問題はございません。満足のいく仕上がりを保証いたします」

たいした品じゃあないのではないか。

あるいは、作り置きがあってそれを出してくるとか。

一日置くのは、もったいぶっているのだろう。

品薄商法だ。

あ。採寸があるのか。

「サイズは測るのか？」

「いえ。紐《ひも》とベルトで留めるので、一般的なサイズで問題はありません」

「そうか」

やっぱり在庫があるんだろう。

すぐ寄越せ。

「そちらの方にはスリムなものを、そちらの方には背の高い方向けのものをご用意させていただきます」

セリーとベスタを示して付け加えた。

セリーは小さいしベスタは大きいからな。

二人分だけ特注だろうか。

「分かった。明日だな」

「はい」

それでも納期が変わらないあたり、全部作るのだろうか。

普通サイズは在庫があるが二人分だけ特注とかなら大変だ。

一般的なサイズは一日でできるが小さいサイズは特注なので十日かかる、とかじゃあおかしいもんな。

一般サイズも受注生産だと言っている以上、納期を変えることはできない。

今日は職人が徹夜で作るに違いない。

とんだブラック企業だ。

「よし。それじゃあ用事も終わったし、新しい迷宮へ行くか」

「はい。楽しみですね」

「問題ないとは思うが、最初は慎重にな」

「問題などあろうはずもありません」

いや。うちこそがブラック企業ではないだろうか。

無理というのはですね、うそつきの言葉なんです。魔物を倒すまで戦うんです。

うちが、うちこそがブラック企業だ。

ロクサーヌなら、魔物を殲滅《せんめつ》するまでが戦いです、とか言い出しそうだ。

「まあ四十五階層のボス戦はもういいだろうしな」

四十五階層のボス戦を繰り返さなくていいというのが、唯一の救いだな。

俺自身、四十五階層のボス戦はもういいかという気がしなくもないので、新規の迷宮は大歓迎だ。

というか、いずれにせよ迷宮に入らなければいけない時点で、うちは相当ブラックではあるよな。ロクサーヌとか関係なしに。

死の危険と隣り合わせな迷宮に入ることを強制しているわけで。

その反省が足りなかった。

まあ、この世界で生きていく糧を得るためには、そうせざるをえない。

途中でやめてしまうから無理になる。

無理というのはうそつきの言葉なのだ。

「はい。四十六階層ごときは全然いけます」

おかげでロクサーヌ先生もやる気になってしまわれた。

しかしそうなんだよな。

ミリアが石化に失敗し続けたら、とかいろいろと考えてみても、四十五階層のボス戦で危なくなることはもうないだろうし。四十六階層でも、もう少し上でも、だいたいなんとかなりそうではある。

どうせミリアは活躍し続けるのだろうし。

ミリアの石化が効かなくなったら、それはそのときに考えればいい。

「まあ、な」

「四十七階層だろうと四十八階層だろうとこのままいけます」

ただし一足飛びに進めるのはいただけない。

もっと順を追って。

ゆっくりと。

着実に。

まあ、ミリアの活躍も考慮に入れれば、無理ということはない。

「四十五階層からのボス戦はもう少し厳しくなる可能性も考えてはいましたが、そういうこともなかったですからね。進んだほうがいいと思います」

セリーまでが恐ろしい意見を吐いてくる。

冷静に見極めてはいるのだろうが。

ロクサーヌ先生がますますその気になってしまわれるではないか。

「そうですよね」

ほらほら。

「まあ、厳しくならなかったのは四十四階層でしっかり鍛錬を積んだおかげですか」

うむ。

セリーはさすがに冷徹だ。

よく分かっている。

「やる、です」

「大丈夫だと思います」

この二人には期待していない。

「諸侯会議のためには迷宮討伐に近づくためにも一歩進めておくのが得策だと思います。

わたくしとしても問題はありません」

ルティナまでが進む気か。

まあしょうがない。

「うむ。行くとするか」

「はい」

移動のためにワープ魔法の壁を出すと、ロクサーヌが我先にと飛び込んでいった。

やる気ありすぎだろう。

「……みんなも行くぞ」

「分かりました」

遅れてついていく。

新しい迷宮に出た。

結構距離はあるんだよな。

ゴッソリというほどではないが、それなりにはＭＰも減った感がある。

この分だと、帰りはクーラタルの迷宮に出てＭＰ補給が必要だな。

「どした？」

「すみません。ここの迷宮に来る途中は、いつも最初に飛び込んでいたので」

やる気マックスで飛び込んだロクサーヌが微妙に立ちすくんでいたので聞いてみると、そんな答えが返ってきた。

飛び込んだのはそういう理由だったのか。

そういえば、冒険者に連れられてここの迷宮に来たときはフィールドウォークを使っていたから、魔物対策としてロクサーヌが最初に突っ込んでいたんだっけ。

冒険者のフィールドウォークは地上を行き来するから、迷宮近くの場所に出れば魔物がうろついていることが多い。

その対策として、ロクサーヌが真っ先に飛び込んでいっていたのだ。

それに対して、今回はワープを使った。

ワープなら迷宮内に直接移動できる。

地上なら広く見渡せるから人の来ないところならどこかしらには魔物がいたりするものだが、狭く入り組んでいる迷宮の中は魔物が見つからない。

可能性としてなくはないのだろうが、迷宮内にワープで移動した先に魔物がいて向こうから先制攻撃を受けたなんていうことはない。

魔物の巣窟である迷宮のほうが、かえって魔物からは襲われにくいとは。

「ああ。そうだったのか」

「迷宮内に移動できることを失念しておりました」

「それはそれとして、案内を頼めるか」

「分かりました」

しかし、いずれにせよ迷宮ではロクサーヌの案内が頼りだ。

ロクサーヌの言うとおりに動かねばならん。

この迷宮は地図も攻略情報もないのだから大丈夫だ。何が大丈夫かよく分からないが、大丈夫だ。大丈夫だと信じたい。
ロクサーヌの先導で迷宮を探索した。
いかなロクサーヌとてなんの情報もなければ探索は地道に行わなければいけない。
地道に。
一歩ずつ。
足で稼ぐ。
それが刑事魂《でかだましい》というものだ。
聞き込みは捜査の基本である。
まあ数の多い魔物の群れにはちょいちょい突撃しているようだが。
それは許そう。
ボス戦でもない四十六階層の相手にいまさらおくれを取ることはない。
夕方まで探索しても、さすがにボス部屋は見つけられなかった。
よかった。
一安心だ。
これでここでも一日一階層のペースで上がっていかれたらどうにかなるところだった。
あまり私を怒らせないほうがいい。
どうにかなるといってどうにかなるものでもないが。

さすがに、新規の迷宮だけに一日一階層なんていうとんでもないペースにはならないようだ。今日の様子を見る限り大丈夫だろう。

実際、翌朝も問題なく過ごした。

よい気分のまま帝都の店に赴く。

店なのかどうかは相変わらず怪しいが。

「あ、いらっしゃい。用意はできています」

とはいえ、今日は中に昨日の女性がいて、すぐに対応してくれた。

相変わらず殺風景ではあるし、対応もおざなりではあるが。店の中というより、完全に倉庫の中だし。

まあ、丁寧に対応しろというのは、求めすぎではあるのかもしれない。

お客様は神様です、みたいな精神は、きっと持ち合わせていないだろう。日本がおかしいだけで、この世界ではこれくらいが標準だ。

だからこんなもんだ。

「頼む」

「はい。こちらになります。帰ったら着けてみてください。体に合わないようなら、今日明日でしたら違うサイズのものとお取り替えいたします」

「そうか」

女性がロクサーヌたち全員に袋を配った。
ややぶっきらぼうに。不愛想に。
その割には袋入りだ。
中に靴下が入っているのだろう。
丁寧に袋に入っているのか。
ここで試着はしないがサイズを交換してくれるサービス付き。
帝都にあるしおばば様一族御用達だし、人知れぬ高級店なんだろうか。
不愛想なのに。
場所も倉庫なのに。
店かどうかも怪しいのに。
「五千ナールになります」
店員が商人じゃないから割引も効かないのに。
まあそこはしょうがない。
全員がそれぞれ受け取ったので、お金を払って店を出る。
「試着する必要があるな。一度家に帰ろう」
「はい」
倉庫から家に帰った。

「どんなのなんだ？」

「えっと。それじゃあ、着替えてきますね」

どんなものか見せてもらおうと思ったら、俺以外の全員で隣の部屋に移動する。

色気づきやがって。

ここで着替えればいいのに。

気にせず俺の前で脱ぎだすくらいがちょうどいい。

それもまた微妙か？

どうなんだろう。

恥じらいがあることも悪いことではない。

「じゃあ、ルティナはその前に装備を外しておくか」

「は、はい」

ルティナなんかは毎回装備品を着け外しするときに恥ずかしそうに声をこらえたりするからな。

たまらん。

「よしよし」

「んっ……」

これよこれ。これなのよ。

装備品を外し、ルティナも送り出す。
「おおっ」
しばらく待っていると、彼女たちが再び入ってきた。
服も寝るときに使っているキャミソールに着替えている。
足元には黒いストッキング……。
おおっ。
靴下じゃなくてストッキングだ。
艶《なま》めかしい。
なめらかで透け感のある黒い布が太ももの上まで覆っていた。
おおっ。
素晴らしい。
この透け感。
素晴らしい。
この滑らかさ。
素晴らしい。
この風合い。
素晴らしい。

黒いストッキング。
素晴らしい。
さっきから語彙《ごい》力が仕事をしない。
素晴らしい。
素晴らしい。
すんばらしい。
「どうでしょうか」
どうって。
素晴らしい。
素晴らしい。
駿馬《すんば》らしい。
見てくれ、この脚。
「うむ。素晴らしいの一語だな」
これに尽きる。
「ありがとうございます」
こっちがありがとうだ。
あとは、ジョブに色魔をセットすれば……。

「よし。それでは新しい迷宮に行くか」

しばらくして後に、準備を整えてから宣言した。

「はい。そうですね」

「あっと。その前に」

「はい？」

ロクサーヌ先生のやる気をそらす。

「スト……靴下にはほかに色があるって言ってたよな」

「白と薄紅ですね」

セリーが教えてくれた。

「白、いいやん。薄紅、いいやん」

そうかなあ。

自分で言っていて疑わしい。

やっぱり黒がよさそうな気はする。

とはいえ、こう言っておかねばならん。

黒以外の色もそれはそれでいいものだろう。

いいものに違いない。

日が暮れた後の幽玄な蠟燭《ろうそく》の灯《あか》りの下での薄紅のストッキングとか。

たまらんな。

「そうでしょうか」

「やはりここはクーラタルの四十四階層でボス戦を。いや。全面的に、というのでなく、並行して進める、というのではどうか?」

ロクサーヌの顔色が一瞬変わったような気がしたので、あわてて提案してみた。

被害妄想だろうか。

だがロクサーヌの希望どおりバシバシと進むわけにはいかんのだぞ。

「そうですね。ときおり立ち寄るくらいならかまわないと思います」

ときおりではなく、メインにしたい。

クーラタルの四十四階層が主、新迷宮の四十六階層が従だ。

まあ、たとえ一部だろうが認めさせてしまえばあとはなし崩しに。

ちょっとだけ。

先っちょだけだから。

「ではさっそく」

最初にクーラタルの迷宮から行く。

ミスリルスレッドがドロップするまで、ボス戦を周回した。

いい感じだ。

いや。もっと周回してもいいが。
「ミスリルスレッドですね。移動しますか？」
セリーにまで言われてしまったのではしょうがない。
ミスリルスレッドがもっと出にくければいいのに。
まあそれも微妙か。
全然出なければミスリルスレッド目当てで周回することも許されないかもしれない。
となると案外いい感じか。
あまり欲張りすぎても駄目になる。
現在の環境に満足するべきだろう。
せめてもう少し早く出てくれたら、もう一個出るまでと提案できたのに。
まあしょうがない。
帰りにも寄ればよい。
休憩のたびにクーラタル四十四階層でボス戦周回をこなせばいいだろう。
往復でするなら、もはやクーラタルの四十四階層がメインと言って過言ではない。
やはりクーラタルが主だ。
夕方もまた、クーラタルの四十四階層へ寄り道をしながら、帰った。
そして家に帰って、夕食と風呂をすませたあと、靴下の検分に入る。

「では、靴下を着けてくれ」

「えっと。試着なら昼間しましたが」

「大丈夫だ。問題ない」

あんなものは味見だ。

本格運用はこれからだろう。

見せてもらおうか。一族の靴下の性能とやらを。

性能をたっぷりと楽しんだあと、翌日もまずはクーラタルの四十四階層から挑んだ。

「えっと。ここはクーラタルの四十四階層ですよね？」

「うむ」

ロクサーヌが訝しんでくるが、あくまでクーラタルの四十四階層が主、新迷宮は従だ。

「原材料がミスリルスレッドですから、そんな簡単には破けたりしないと思いますよ」

クーラタルの四十四階層にこだわる俺を、セリーまでが訝しんでくる。

別に靴下を破くプレイがしたいわけじゃないぞ。

破くプレイ……。

最高かよ。

「そうなのか」

まあ黒い靴下だからな。

伝線とかすぐに入りそうではある。

「はい」

別に破くプレイをしたいわけではない。

ないが、伝線が入ったならば、そうやって使ってみるのもよいのではないか。

物は大切に、最後まで使ってやるべきだろう。

それが供養というものだ。

「まあ予備のために集めているわけではない」

本当だぞ。

本当にない。

破けた場合のことを考えているわけではない。

ないが、これ以上使えないとなったら、最後に一花咲かせてあげるのもまた人情というものだろう。

物は大切に使いたい。

丁寧に使いたい。

ギリギリまで使いたい。

最後まで使いたい。

簡単に捨てるのではなく有効活用してみるべきだろう。

破れたストッキングというのも風情があっていいものだ。
そしてそれを好き勝手に。
うむ。
それもまたよし。
たまらん。
かくすれば、かくなるものと知りながら、やむにやまれぬ大和魂。
「そうですか」
「色違いもあるからな」
「そうですね。ご主人様の好みでしたら、もっと積極的に集めていいと思います」
おおっ。
さすがロクサーヌ。
そう。
そうなのだ。
好みだからしょうがない。
しょうがないのだ。
どんなプレイだろうとどんとこいだ。
身はたとひ、異世界の野辺に朽ちぬとも、留《とど》め置かまし大和魂。

「そうだな。積極的に集めていこう」

ロクサーヌの賛同も得て、二つの迷宮で戦っていった。

もちろん、クーラタルの四十四階層は主、島の迷宮が従だ。

気分的には。

そこまでクーラタルの四十四階層でボス戦ばかりしているわけではない。

賛同されるとかえって冷静になるよな。

島の迷宮の探索もしていかなければならない。

経験値的にも四十六階層のほうが有利だしな。

いや。クーラタルの四十四階層はボス戦周回だからこっちのほうが上か？

分からん。

四十五階層から上の魔物は一段強くなっているから、四十六階層のほうが上だろうか。

まあそのくらいの違いではある。とはいえ、今後上がっていくことをも考えれば、将来性込みで島の迷宮のほうが上だろう。

こちらでの戦いもおろそかにできない。

別に上がっていくことはいいのよ。

一日一階層上がっていくとかのむちゃなことをしなければ。

その点、クーラタルの四十四階層でボス戦を繰り返し挟んでおけば、一日一階層などというペースにはならない。

行き帰りにクーラタルの四十四階層を経由すべきだろう。

ミスリルスレッドを集め終える前に四十六階層は突破したが、まあそのくらいはしょうがない。

多少はね。

うっかり四十七階層も突破したりはしていないだけで、十分といえるだろう。

一日中四十四階層に詰めているわけではないから、ミスリルスレッドもそんなに簡単に集まるわけではない。出ないときは本当に出なかったりするし。

ゆっくり集め、新しい迷宮もゆっくり上がっていけばいいだろう。

なんとか四十八階層に行く前に、ミスリルスレッドは集め終わった。

これで十分だ。

「あ。残りましたね」

「おっと。ミスリルスレッドが残ったな。これで一色分そろったことになる」

「そうですね」

ただし、集めたといっても一色分だ。

もう一色あるのがいいよな。

色は全部で三色だ。

当然もう一色分も集めることになる。

四十八階層まで行きそうじゃね。

「明日にでも帝都に行こう」

「すぐ店に持ち込めばよいのでは？」

セリーよ、そういうわがままはいかん。

今持ち込んだりしたら、職人はひょっとしたら今夜徹夜をすることになる。

客のわがままがブラック企業を産むのだ。

「ま、明日の朝でいいんじゃね」

「そうですか」

遅い時間に仕事を持ち込んで徹夜を強制すれば職人から恨まれるし、仕事の手を抜かれるかもしれない。

良いことはない。

金曜日の夕方に仕事を渡して月曜日の朝までにやっておけと命ずるのは、ブラック上司の本領発揮である。

涙がちょちょぎれるね。

朝一で持ち込んでおけば、余裕をもってその日のうちにできるかもしれないし、それでも残業が必要なようならもうその企業の体制が狂っている。

いち消費者がどうこうできる問題ではない。

「ミスリルスレッドがあと二個出たら、帝都へ行こうか」

「二個ですか？」

「うむ。キリがいいからな」

というわけで、翌日の朝まで粘る。

粘りに粘る。

さらに粘って、時間を浪費した。

「やった、です」

「お。ついに出たか。これで店へ行けるな」

これが進撃のロクサーヌに対するせめてもの抵抗というのがむなしいよな。

しかし人類にはこうして壁を作って自衛するよりほかに対処するすべがないのだ。

悲しいサガである。

「はい。そうですね」

うれしそうだな、ロクサーヌよ。

これで新しい迷宮に専念できるとか思ってないだろうな。

もう一色あるのだぞ。

「色はどうする。どっちを先にするか」

そのことを思い出させてやる。

「あー。そうですよねえ」

「白と薄紅でしたっけ?」

「そうだったな」

セリーに答えた。

もっと色があればいいのに。

そうすれば延々とクーラタルの四十四階層にこもっていられる。

延々と。永遠に。

最近この二つを混同するのが流行《はや》っているらしい。

永遠と入っていてもいいのだぞ。

さすがにそれは駄目か。

もっといっぱい色があればよかったのに。

染色の技術があまり発達していないのだろうから、しょうがない。

昔は紫に染める染料が貴重品で、紫色は王侯などが着る高貴な色とされていたという話もあったし。

三色でも大したものだろう。

「ご主人様のために集めたのですから、ご主人様が決めてくだされぱよいと思います」

おおっ。
ロクサーヌよ、俺のために集め終わったことを喜んでくれていたのか。
誤解していた。
誤解していたぞ。
「そうか。まあどうせ全部集めるのだから、どちらの色でもいいが」
「はい。早く集め終えて、新しい迷宮に全力で挑みましょう」
やっぱりそっちがメインなんかーい。
くそっ。
一回誤解した。
しょうがないので、帝都へ飛ぶ。
こうなったらやけ買いだ。
爆買いだ。
といっても、靴下を買うだけだが。
「いらっしゃいませ。これは先日の。お品物はいかがでしたでしょうか」
中に入ると、すぐに対応してくれた。
前回から日がないから、クレームを入れに来たと思われたかもしれない。
それもまたよし。

「はい。よい品でした」

ロクサーヌがすぐに褒めてしまっているが。

「うむ。そういうわけでな。先日とは色違いのものを全員分買おうかと思う」

「先日は黒をお買い上げいただきました。あとは白と薄紅がございますが」

「白でよかろう」

便乗して注文する。

「はい。ありがとうございます。お急ぎでしょうか？」

「早いうちに頼む」

「かしこまりました。うちには熟練の職人がそろっておりますから、明日の朝にはお渡しできます」

やはり一日で用意するらしい。

大変そうだ。

だが容赦はしない。

一度できると言ったのだから、やらせる。

職人は今晩徹夜かもしれないが、それもまたよし。

「それと、予備に黒いやつも一組ほしいのだが。サイズは一般的なのでよい」

「ありがとうございます。これも明日の朝までに用意しておきます」

まあ在庫があるのかもしれない。

よかった。

徹夜する職人はいなかったんだね。

「よろしく頼む」

一日置いて、取りに行った。

きちんと用意されている。

セリーとベスタの分はイレギュラーだからあわてて作ったのかもしれないが、あとはなんとかなったのだろう。

「はい。こちらになります」

全員が受け取る。

予備の分も俺が受け取って、店を出た。

一度家に帰る。

「ところで、ルティナ。この靴下って、外部に流出させるのはまずいか？」

ルティナに聞いてみた。

おばば様一族の名品らしいし、そこら辺のところはどうなのか。

門外不出の秘宝ということもありうる。

「製法や入手経路を明らかにするのでなければ、そこまで神経質になることはないと思います。こういった品の贈答が貴族の職務というものですし。おばば様に敵対する貴族に裏からこっそり融通するとかなら、何か言われるかもしれませんが。いえ。あのおばば様やハルツ公爵の敵には、むしろ堂々と融通したいですね」

「お、おう」

「それでは着替えてきますね」

ルティナの回答を聞くと、ロクサーヌがみんなを連れて行った。

大丈夫なのか。

大丈夫なのか？

まあ、守秘義務とか、そういった考えはあまりないようだ。

それなら大丈夫だろうか。

やっぱりやめておくか。

踏まれるの大好きな皇帝様にストッキングをプレゼントしようかと思ったんだがなあ。

きっと喜ばれるに違いない。

あのストッキングをはいたメイドに、踏み踏みされる。

大絶賛だろう。

皇帝の趣味はよく分からないが。

理解できないが。

自分がやってもらいたいということはないが。
本当だよ。
ロクサーヌなら優しく踏んでくれるかもしれないが。
いや。迷宮で上の階層へ進みたがらない駄目な冒険者として蔑《さげす》んでくるかもしれない。
危険だ。
やめておいたほうがいいだろう。
このブタが。いいだろう、お仕置きしてやる。ビシ、ビシ。
セリーはセリーで、白い目でにらんできそうだ。
こんなのがいいんですか？
変態ですね。
なのにどうだあの目は。
ミ、ミリアなら。
それでもミリアなら。
ミリアならきっと優しくしてくれる。
これのどこがいいんですか、とかまじめに聞いてくるかもしれないが。
天然にそんなことを糺《ただ》されたら落ち込みそうだ。

い、いや。大丈夫だ。

まだあわてるような時間じゃない。

ベスタ、は大きいから危険だ。

踏み抜かれる可能性がある。

さけておくのが無難だろう。

ルティナは……。

そう、ルティナ。ルティナならワンチャンある。

元貴族令嬢の前でこんなにしてしまって恥ずかしくないんですか、とか言いながら軽く踏んでくれそう。

そしてさらに踏み踏みを。

おおっ。

こ、これは。

「わたくしがどうかしたのですか？」

「い、いや。なんでもないぞ」

気がついたら、ルティナたちが部屋に帰ってきていた。

何かまずいことでも口走っただろうか。

なぜオレはあんなムダな時間を。

しかし見渡すとそこにはパラダイスが。
白いストッキング、いい。
素晴らしい。
最高。
「どうでしょう?」
「いい」
清楚《せいそ》にして淫靡《いんび》。
清純にして妖艶。
可憐《かれん》にして豊潤。
純真と好色が織り成すハーモニー。
黒もいいが白もまた捨てがたい。
みんな違ってみんないい。
最高だ。

第六十三章　限界

セリー

現時点のレベル&装備

鍛冶師　*Lv45*

装備　強権の鋼鉄槍
チェインメイル
硬革の帽子
硬革のグローブ
硬革の靴
身代わりのミサンガ

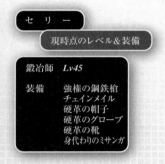

ストッキングをすっかり堪能した俺は思った。

こんないいものを皇帝に教えないことは不敬罪に値するのではないか、と。

それほどに、靴下はよかった。

最高だった。

いい。

素晴らしい。

えがった。

あとから知ったらなぜ教えなかったのかと文句を言うレベルだ。

関係者粛清もありうる。

ダー。同志はシベリアのラーゲリへ。

ひょっとしたら、皇帝はすでに俺がおばば様の一族関係者であることは承知しており、こちらの動きを待っているところかもしれない。

分かっているなと。

シベリアが待っているぞと。

贈ってこなかったらラーゲリに送るぞと。

恐ろしい。

やはりここは皇帝に渡しておくべきだろう。

こっそりとね。

堂々と渡すのは機密漏洩罪《ろうえい》になるかもしれない。

「スターリンのバカヤロー」

「きさま、逮捕する」

「いいだろう。不敬罪か？　国家反逆罪か？」

「機密漏洩罪だ」

なにしろそういう皇帝なので。

皇帝が靴下を知らなかった場合、今まで隠してきたおばば様が不敬罪に問われるかもしれないが、そこはしょうがない。

甘んじて償ってもらおう。

ハルツ公爵ごと連座してもかまわん。

「すまんがちょっとだけ出かけてくる」

堪能したあと、出かけた。

皇帝に渡そうにも、直接のつてはない。

帝国解放会のロッジを経由せざるをえない。

「これはミチオ様。よくいらっしゃいました」

帝国解放会のロッジでセバスチャンに迎えられる。

頭もきっちり九十度下げていた。

相も変わらずバカ丁寧だ。

「俺と一緒に入会したガイウスという男がいただろう？」

まあ皇帝だが。

一応俺は知らないことになっている。

と思う。多分。おそらく。

空気読めと思われるかもしれないが。

空気を読んで知らないことにしているのだ。

「はい」

「ちょっと珍しいものが手に入ったのでな。一緒に入会できたことも縁だし、ガイウスにプレゼントしておくべきだろう。こちらに来ることがあったら渡しておいてくれるか？」

これを渡すべきなのか渡してはいけないのかはよく分からなかった。

そこをまげて渡したのだということは強調しておきたい。

無理だが。

おばば様一族と皇帝とを天秤《てんびん》にかけて、皇帝を取ったのだ。

忠臣といっていいだろう。

そこのところを斟酌《しんしゃく》して、処罰するならおばば様くらいにしておいてくれよ。

ハルツ公爵も連座でいい。

「ガイウス様へですか」

セバスチャンは俺に対してもミチオ様だからな。

ガイウス様といっても全然ばれないのがズルい。

「そうだ」

「危ない品物でないかこちらでチェックさせていただいた上での献上になりますが、それでよろしければ」

そりゃまあ皇帝に危険なものは渡せないか。

チェックは当然だろう。

「それはよいが、あまり何を送ったのかおおっぴらになるのも困る」

機密漏洩罪だ。

くぎを刺してから、靴下を渡した。

ばれて困るのは皇帝のほうだぞ。

「確かにお預かりいたしました。ガイウス様がロッジに来られることがあったら、お渡ししておきましょう」

来られなくても横の扉から行き来できるだろうが。

まあ、タテマエとしてはそういうことになっているのだろう。

すぐに皇帝の下には届くはずだ。

おばば様一族の名品を皇帝が知っていた場合でも、これで俺はセーフとなる。

知らないなら知らないで、名品を教えてくれた俺に感謝する。

どちらでも問題はない。

やはりこうするよりなかったよな。

もう渡してしまったしどうでもいい。

あとは、ショップでもチェックして帰るか。

「頼む。あとは店舗でも見て帰るか。何か新しい装備品が入ったか？」

「はい。多少は入荷してございます」

「じゃあ見せてくれ」

「承りました。こちらへどうぞ」

帝国解放会のロッジにある店はときおり訪ねている。

出物がないかの確認だ。

知らぬ間に売れていたりしたら嫌だからな。

金には困ってないし。

金には困っていない。

人生で一度は使ってみたい言葉だ。

もう一度言っておこう。

金には困ってない。

今は。

「ほうほう」

セバスチャンについて店舗に行くと、オリハルコンの剣が飾ってあった。

前にはなかったものだ。

これが入荷したのか。

ただし、鑑定によると空きのスキルスロットはない。

だから俺が買うことはない。

空きのスキルスロットがあっても、今回購入するかどうかは分からないが。

この店舗での購入にはお金だけではなくポイントが必要だ。

いい武具やスキルつきの武具を買うには、同程度の品を売却してポイントをためなければならない。

今の俺は、金には困ってなくてもポイントはない。

好き放題買うわけにはいかない。

世の中カネではないということか。

俺がポイントの捻出用に考えているのは身代わりのミサンガだ。

芋虫のモンスターカードの買い取りも続けているし、俺とセリーなら百パーセント融合に成功できる。

身代わりのミサンガそのものをオークションで落とすという手もあるが、まあそこまではしていない。

やりすぎるのもよくないだろうし。

だから、原資には限りがある。

この店で武器を買うにしても、よくよく考えて購入する必要があるだろう。

なんでもかんでも手当たり次第というわけにはいかない。

オリハルコンの剣は、両手剣だから俺かベスタの装備になる。

俺は魔法メインだしデュランダルもあるのでベスタが使うことになるが、今すぐ必要かというと、そうでもないだろう。

オリハルコンの剣がどこまで強いのかは分からないが、ベスタの武器を強化してもパーティーが即強化とはならないはずだ。

デュランダルの代わりに使えるまで強ければ別だが。

そのためには、少なくともＭＰ吸収とかスキルをそろえなくてはいけない。

即効性は薄い。

とはいっても、こちらの希望のときに希望の装備品が手に入るわけではないので、手に入れる機会があるならば手に入れておくべきか。

空きのスキルスロットはないので、いずれにせよ今回はないが。

パーティーが即強くなるのは強力な武器。

あるいは、前衛陣のために少しずつ防具も強化したい。

防具なので一人ずつしか強化できないとはいえ。

それでも全体の安定度は増す。

防具というなら特にミリアの防具か。

ミリアが敵を気にせず自由に動けるようになると、戦略が広がるだろう。

武器ならルティナの強化をそろそろ考えてもいいころかもしれない。俺の魔法の回数を一回くらい常時減らしてくれるようになればいろいろと楽になる。そこまでは求めすぎだとしても。

しかし、オリハルコンの剣以外にめぼしいものはないようだ。

オリハルコンの剣にも空きのスキルスロットがないし。

今回は空振りか。

まあしょうがない。

めげずにちょくちょく足を運ぶよりほかあるまい。

「それから、入荷したばかりの品もございます」

セバスチャンが新しい商品を出してきた。

青いブーツだ。

濃紺というか群青というか、暗い青色をしている。

エナメルのハイヒールブーツというらしい。

空きのスキルスロットも一つある。

一つだけだが、ないよりは全然いい。

「ほお」

これは買うのもありか？

しかしエナメルのハイヒールブーツというのがどういう装備品なのかが分からん。

帝国解放会のロッジで扱う品だ、というだけで。

まあスキルのついていない帝国解放会ロッジで扱う品というだけで、たいしたものではあるだろう。

オリハルコンの剣と同レベルではあるということだ。

やはり買ってみてもいいかもしれない。

「装備者の魔法が強化される優秀な防具で、かなり珍しいものではあるのですが、今回は二足同時に搬入されまして」

二足同時に入荷したという段階で珍しくないのではなかろうか。

魔法が強化される装備品なら優秀には違いないだろうが。
セバスチャンがもう一足、青いブーツを出してきた。

エナメルのハイヒールブーツ　足装備
スキル　空き　空き　空き　空き　空き

「おおっ。すごい。買った」
思わず口に出てしまっていた。
値段も聞かずに。
いやいや。これは買いだろう。
空きのスキルスロットが五つもある。
絶品だ。
俺が見た中でも最上級と言っていい。
これを買わずしてなんとする。
カエサルが戦地から送った簡潔な報告が、来た見た勝った。

俺が送りたい報告が、来た見た買った。

それくらいの逸品だ。

間違いない。

「こちらをお求めでしょうか？」

あ。まずい。

一足目のハイヒールブーツも二足目のハイヒールブーツもモノは同じだ。

それなのになんで二足目のときだけ目の色を変えているのか、ということになる。

空きのスキルスロットが五つもあるからですが、とは言えない。

まあ一足目のほうにも一つはあるが。

「ん。いや。二つセットならと思ったが、さすがに二つは買えない。当然。むむむ。どうすべきか」

俺は何を言っているのか。

二つセットだとどうだというのか。

左右で二つというわけじゃあるまいし。

意味不明だ。

犯人は二つセットでなどと意味不明な供述をしており。

「さようでございますか」

なんとかごまかせただろうか。

あきれ返っただけかもしれないが。

深く追及してこないならそれでいい。

「しかし、だ。やはりせっかくだから、片方だけでも入手しておくべきか。この際だし。せっかくだし。いい機会だし」

追及してこないドサクサに、ハイヒールブーツを手に取った。

もちろん空きのスキルスロットが五つあるほうだ。

なるべく無造作に。

別にどちらでもよいが、たまたま手に取ったほうというふうに。

偶然こちらを手にしただけというように。

「どうぞご検分なさってください」

「うむ。これはやはり。なかなか。ところでポイントを身代わりのミサンガで支払いたいが、可能か？」

そして、早口で話題を変える。

おたくが興味のある事柄について話すときのような早口だ。

俺は装備品おたくだからな。

仕方がないのである。

「はい。それはもちろん可能ですが、そちらでよろしいのですか。二つあるので、慎重に選んでいただいてかまいません」

どうやらあっさり取る必要はなかったらしい。

それはそうだよな。

迷宮に入る者にとっては命を預ける装備品だ。

あだやおろそかにしてよい品ではない。

ロクサーヌも装備品を選ぶときは、真剣に、事細かに、隅々までチェックしている。

あっさり選ぶのはかえって怪しいか。

「うむ。ではありがたく」

「どうぞ」

といって、どこを見ればいいのか。

壊れてるとか傷があるとかバランスが悪いとか、普通ならあるかもしれないが、スキルや魔法で作っているワンメイクの装備品なのに。

細かい傷くらいはあるかもしれないが、性能に直結するでもなし。

性能に影響するだろうか？

いや、しないな。

バランス……。

バランス？

どこをどう見ればいいというのか。

そもそも、見た目ほとんど違いはないし。

「……これでよい」

「かしこまりました」

見ても分からないので、適当に見比べたふりをして、鑑定に従って選んだ。

これでいいんだよ。

鑑定に従っていれば間違うことはない。

いつも鑑定で選ぶから、鑑定眼が鍛えられることもない。

ふりだけしておけばいいのだ。

それでいい。

身代わりのミサンガでポイントを吐き出し、金貨も出してエナメルのハイヒールブーツを手に入れる。

入手したらすぐに家に帰った。

好事魔多し。

さっさと帰るべきだろう。

「おかえりなさいませ」

家に帰るとロクサーヌたちが迎えてくれる。

慇懃《いんぎん》無礼なセバスチャンの出迎えより心のこもったロクサーヌの出迎えよ。

「ただいま」

「はい。これですぐ迷宮に行けますね」

こ、心のこもったロクサーヌの出迎えよ。

「そ、そうだな」

「ええ」

満面の笑みだ。

確かに心がこもっている。

一刻も早く迷宮で戦いたいという本音がダダ洩れだ。

「その前に、ロッジで装備品を手に入れてきた。魔法が強くなるそうだから、ルティナに着けてもらおうと思う」

「それはいいですね。パーティーが強化されます」

ロクサーヌにとっては今のところパーティーの強化は必要としていないと思うが。

すいすい前に行っているし。

あるいは、これからさらに上の階層へ進んでいくという決意なのか。

ガクブル。

「魔法が強くなる装備品ですか」

「わたくしですか？」

セリーも興味深げだが、とりあえずルティナに履いてもらう。

これでいいだろう。

エナメルのハイヒールブーツをルティナに装備させた。

「ほうほう」

ハイヒールなので、すらっと背が高くなる感じだ。

足が長い。

もともと良かったルティナのスタイルがさらにグンバツになった。

すごいな。

なるほど、日本にいたころ女性がハイヒールを履くわけだよ。

かかとからふくらはぎにかけてのラインが美しい。丸みを帯びながらもすらっと細く、滑らかな曲線美を描いている。

「ちょっと背が高くなった感じですね」

「動くのに支障はないか？」

「大丈夫です。慣れるまでは、迷宮の端から端まで全力疾走しろと言われたら難しいかもしれませんが。現実的な距離ならば問題はありません」

端から端までは慣れても難しいと思う。

マラソンじゃん。

まあ、迷宮の端から端まで走るなんてことは実際にはない。

あまり迷宮で戦うのにふさわしい装備品とはいえないかもしれないが、ルティナは後衛だ。魔物と直接対峙《たいじ》するわけではないし、魔法が強くなるなら利のほうが大きいだろう。

新しい装備を着け迷宮に入った。

装備品一つくらいで劇的に楽になったということはない。

少し楽になったかな、という程度だ。

だがそれでいい。

あまり楽になりすぎると張り切っちゃう人がいるので。

「待機部屋ですね」

張り切っちゃったじゃないか。

四十七階層を突破し、四十八階層に連れて行かれた。

「その前に、一度外へ出てみてもよいですか？」

ただし、四十八階層で戦う前に、セリーが止めてくる。

そうだよな。

やはり進撃が速すぎるよな。

もっとゆっくり。

ゆっくりでいい。

「そうだな。外へ出て休むか」

「いえ。ほかのパーティーがこの迷宮に入っているかどうか、入り口を見てみたいので」

違った。

休むんじゃないのか。

おまえもか、セリー。

「そういえば入り口を見れば分かるという話だったな」

「はい」

仕方なく外に出る。

「一部倒れている雑草がありますが、これは多分前回私たちが折ったやつだと思います。ちょうどあそこの倒れている葉が前に私が踏んだ草です。倒れ具合が同じです。私たちがここに来てから迷宮に入ったパーティーはないということですね」

ロクサーヌとセリーが外の状況を確認した。

前に踏んだ草なんか覚えているのかよ。

ちょっと引くぞ、ロクサーヌ。

俺たちはワープで直接迷宮の中に入るから、入り口付近をもう荒らしていない。この迷宮に入っている俺たち以外のパーティーがあるならば、フィールドウォークで移動してきてから入るだろうから、入り口付近の草に痕跡が残る。

「ほかに入っているパーティーがないので、ゆっくり階層を上がっていけばいいですね」

おお、セリー。

心の友よ。

信じていたぞ。

セリー・ブルータスなどと名づけてはいない。

「はい。階層を上がっていけばいいですね」

そういうことじゃないぞ、ロクサーヌ。

そういうとこだぞ。

実を言うと、今回の四十七階層突破では、強く思い知らされた。限界はあるぞ、と。

そこにあるぞ、と。

限界は近いぞ、と。

そう遠くない未来に限界はやってくるぞ、と。

パーティーは六人までだから上限に達してしまっているし、レベルは上がれば上がるほど上がりにくくなるからもうそんなにすぐには上がらないし、装備を整えようにもお金を少し貯《た》めればいい程度の装備品はそろえてしまったから今以上の強化は簡単ではない。

俺たち側の強化は足踏みだ。

一方で魔物のほうは、迷宮の階層を上がれば上がるだけ着実に強くなる。

絶対に強くなる。

確実に強くなる。

魔物……なんだろう強くなってきてる確実に、着実に、俺たちよりも。

彼我の戦力差は順調に縮まってきており、逆転の日は近い。

ロクサーヌのようにどんどんと階層を上がっていくならば。

今までだって六十階層や七十階層では限界に達するのだろうとは思っていたが、今回、六十階層や七十階層で限界に達するのだろうという思いを得た。

同じじゃん。

いや。同じであると言うなかれ。

そこに、戦っている者の実感というか、肌感覚というか、万感の思いが、ある。

はっきりと限界のあることが見えたというか。

限界は、ある。

そしてそれがどこかは分からない。

これが恐ろしい。

次の階層が限界を超えた先にあるという可能性もゼロではない。

例えば、彼我の戦力差が一対一・八なら楽勝だが、一対一・七九九ではピンチになる、ということもあるかもしれない。その差を把握することは難しいだろう。

今はまだいい。

だがこれから限界が近くなるにつれて変わってくる。

問題になってくる。

いや。今はまだいいというのも、こちらの幻想であるかもしれない。

悩みは深い。

「まあそれはそれとして。しかし、誰も来ていないのか」

「はい」

「それならばしょうがない。ここに名をつけよう」

ここの地名は知らない。

教えてもらってもいないし、そもそもあるのかどうかも知らない。

なんにもないというのも少し不便ではあるんだよな。今日はあそこに行こうとか、これからあの島へ行くとか。

あそことかあの島とか新しい迷宮とかでいつまでもすませてはおけないだろう。

名前が必要だ。

だから何か名前をつける。

「おおっ。さすがご主人さまです」

何がさすがかは知らないがロクサーヌも不便に思っていたに違いない。

「ここをアキシマと名づけよう」

迷宮の入り口で宣言した。

タチカワかなんかに似た名前の場所の近くにある島なので、アキシマだ。

無人島のようだし、名前なんて勝手につければいいだろう。

元の住人がどこかにいるかもしれないが、そのときはそのときだ。

「はい。いい名ですね。さすがご主人さまです」

いい名かどうかは知らないが。

「なるほど」

何がなるほどなのか知らないが。

セリーよ。変な勘違いはしていないだろうな。

「アキシマ、です」

「大丈夫だと思います」

「諸侯会議のためにも名前をつけて本格的に迷宮攻略ですか。なるほど」

なるほどってのはそういう意味か。

ルティナが解説してくれた。

そういう意味じゃないぞ。

とはいえ、名づけてしまったものはしょうがない。

いまさらやる気がないとも言えない。

ここをアキシマとする。

その後は、四十八階層に入りなおして探索を続けた。

しょうがない。

まあ、ロクサーヌがいかにやる気を出そうとも、そうそう簡単には探索も進んでいかないのが救いか。

「ハルツ公爵がお呼びだと?」

「はい。顔を見せるようにと」

ゆったりとアキシマの迷宮を探索していく。

もちろん、クーラタルの迷宮でも活動をしながら。

そしてときには、こうして商人ギルドの仲買人であるルークから芋虫のスキル結晶などを仕入れながら。

帝国解放会のロッジでエナメルのハイヒールブーツを購入するにあたっては身代わりのミサンガを放出したが、ルークに対して芋虫のスキル結晶の買取価格を上げるなどの対処は行っていない。

まあこのままで大丈夫だろう。

本当は細かく調整したほうがいいのだろうが、あまり動くのも疑いを招きかねない。

おとなしくしているほうがいい。

脛《すね》に傷を持つ身だからな。

痛い腹は探られたくない。

エナメルのハイヒールブーツについても、特にそれ専用で使うスキル結晶の入手を依頼してはいない。

こちらは、そんなことをすればもっといろいろ邪推されかねん。

おとなしくしているのが一番だ。

ルティナの装備品ばっかり強化するわけにもいかないし。

最近は立て続けにルティナの装備品をそろえてきたような気もする。あまりルティナばかりというわけにもいかない。誰かが不満に思うかもしれない。

現に思ったりはしていないだろうか。

いや。ルティナの装備品ばかり強くするのは、ありといえばありか？

ルティナはまだ加入して間もない。

あくまで初期装備を整えているだけだと強弁することもできなくはない。

あ。だから不満も出ていないのか。

もう少しルティナの装備品でもいいかもしれない。

まあこればかりは運だ。

そろそろ打ち止めだろうか。

「セリー、融合だ」

「はい」

商人ギルドから家に帰ると、セリーに話しかける。

俺が芋虫のスキル結晶を引き取りに行ったことは分かっているので、セリーもおとなしくテーブルで待っていた。

やる気のようだ。

「では」

「えっ……」

アイテムボックスからボディークリップを取り出すと、少しびっくりしたようだが。

「これに頼む」

「それは、ルティナの一族の秘宝とかでは」

「大丈夫だ。問題ない」

一族の秘宝とか、あのおばば様が勝手に言っているだけだ。

誰も着ける人がいなくてあまっていたのを恩着せがましくこちらに渡すために、一族に伝わる秘宝などと称したのだろう。
所詮《しょせん》はその程度のものだ。
ていのいい厄介払いといってもいい。
このボディークリップ、結構大変なのだ。
着けている人にとって。
敏感な部分をクリップで挟み込んでしまうからな。
負担もかかるため、今ルティナからは外している。
迷宮に入るときには着けなければいけないが、普段は外しておくのがいいだろう。
常在戦場、などとは言わない。
うちはそういうブラックな職場ではない。
食事や休息のときなどはちゃんと外してあげるべきだろう。
これは俺の心の優しさからくるもので、それ以外ではない。
そこのところを、評価してほしい。
決してよこしまな気持ちからではないのだ。
「ええっと。いいのでしょうか」
「問題ない」
セリーの目が若干泳いでいたが、やらせる。

「で、できました」

「おおっ。見事にできているな。さすがセリーだ」

「ありがとうございます」

セリーは無事に融合を成功させた。

空きのスキルスロットがあまっている以上、今までだって失敗したことはない。これからも問題はないだろう。

「よし。ちゃんと身代わりのボディークリップになっているな。ルティナ、こっちへ」

芋虫のスキル結晶が融合されて装備品に身代わりのスキルがついている。

ボディークリップはアクセサリーなので、同じアクセサリーである身代わりのミサンガと同時には装備できない。

そのための融合だ。

迷宮では何があるか分からない。

万が一のときのために身代わりのスキルは絶対に必要だ。

身代わりのミサンガを同時に装備できない以上、ボディークリップに身代わりのスキルをつけるしかない。

「ええっと。身代わりのスキルを融合したのですよね？」

ルティナを呼び寄せると、確認してきた。

自分が着ける装備品だからな。

気になるだろう。

「そうだ。さすがはセリーだよな」

「それは……はい、そうですが……」

「何か問題が？」

問題などない。

あろうはずがない。

この俺が手ずから装備品を着けようというのだ。

ボディークリップは、優しく、丁寧に、愛情をもって、細心の注意を払って装着しなければならない。

それだけ繊細な装備品だ。

余人にまかせることはできない。

俺が手ずから装着する。

「ええっと……。よろしいのでしょうか。貴重な装備品だと思いますが。……んんっ」

よろしいのである。

この声を聴ければ。

「問題ない」

「身代わりのスキルは、発動すると装備品が壊れてしまいますが。……んっ」

「装備品より命が大事だ」

命があってこそ、この声も聴ける。

楽しめる。

喜べるというものだ。

命を失うほどの攻撃を受けたとき、身代わりのスキルがついた装備品が壊れることは確認している。

その結果、命が失われなかったことも。

まあ同じ攻撃を二回すれば、二度めには防ぐものはなかったわけだが。

一度めのさえ防げれば問題ないとゴスラーも言っていた。

何かのときの奇襲を防げればそれで十分だろう。

そのためにも、身代わりのスキルがついた装備品は必要だ。

「はい。ありがとうございます。ん……んんっ」

こちらこそありがとう。

装備品を着けたら出立だ。

アキシマの迷宮の四十八階層を探索する。

四十八階層はほどほどの難易度だ。

命の危険を感じるほど難しくもないが、楽勝というほど簡単でもなく。

緊張感を持ちながらしっかり戦い、しっかり戦いに慣れていける。

ロクサーヌが満足するほどの強敵もいないが、不満を口に出すほどでもなく。

アキシマの迷宮は地図もなければ情報もないというのもいい。

これならしばし四十八階層で戦っていける。

限界があることははっきりしているが、それは四十八階層ではない。

「では呼び出しがあるのでな。今日はちょっと出かけてくる」

そして、翌日にはハルツ公爵からの呼び出しに応じた。

ハルツ公爵から呼ばれたり、ルークからの買い取りがあったり、何もないときには帝国解放会のロッジへ行ったりと、いろいろ用事もある。

根を詰めて一日中戦ってばかりではないことも、うまく回っている理由だろう。

ストレスを感じることもないし、追いつめられている感じもない。

限界の件を除いては。

まあ限界は今ではない。

明日のことは明日考えればいい。

客観的には、俺たちは比較的長時間迷宮に入っているほうだとは思うが、この世界にはテレビもゲームもろくな娯楽もないしな。

こんなものだろう。

よく寝、よく食べ、よく戦う。

充実した生活だ。

そして一日の終わりには風呂に入ってさっぱりする。

もちろん一人で入るのではない。

風呂から上がれば、さらに充実したひとときが。

むふふふふ。

これでどうしてよく回っていないといえるだろうか。

うまく回っているに決まっている。

また、迷宮に入るのだって、アキシマの四十八階層と決まっているのではない。

クーラタルの四十四階層でボスを倒したりもしている。

ほかの階層にも適宜入る。ときにはコボルトソルトを求めてクーラタルの一階層に入ったりすることもあるくらいだ。

塩は必需品だから。

コボルトソルトくらい買えばいいじゃん、ということだが、売るときと買うときの価格差を見ると、どうしてもな。

貧乏性ではある。

あるが、自分で動けば手に入るのに買うのもバカバカしい。

買ったら負けかなと思ってる。

そんなこんなでアキシマの四十八階層ばかりというのでもないから、変な圧迫感やストレスもない。

うまくやっているというべきだろう。

迷宮だって四十五階層から五十五階層まで一つのグループだ。

現状を続けていれば、五十五階層まではうまく進めるのではないだろうか。

一日一階層ずつ上がっていくとかのむちゃをするのでない限り。

下手にロクサーヌが暴走するとそうなりかねないのが危険なわけだが。

手綱はしっかり押さえておかなければならない。

迷宮が姿を現すのは五十階層まで育ってからだが、五十階層で特に強くなったりすることはないらしい。セリーもそう言っていた。

強くなるのは五十六階層からで、実際、最上部が五十五階層以下の迷宮は、口を開けてほどなくすれば領主の騎士団などがだいたい討伐してしまうようだ。

ルティナの実家のところのようにサボってしまうのはマレで、それだけに深刻な結果につながってしまうものらしい。

「閣下は奥です」

ボーデの城のロビーに着くと、いつものように勝手に行けと通される。

「あ。ちょっと待ってください」

と思ったら、別の人に呼び止められた。

そうだよな。

勝手に行けとか、おかしいよな。

「なんだ？」

「用事があるのはカシア様のはずです」

ほうほう。そうなのか。

ハルツ公爵を追放したいとか、そういう相談ならいつでもしてくれていいぞ。

おばば様に対する下克上でも可。

世は戦国乱世である。

「へえ」

「私が伝えてきます。先に執務室のほうへ向かわれてください」

呼び止めただけで、結局勝手に進ませるのね。

しょうがないので執務室へ赴く。

げ。

「誰か?」

ゴスラーがいない。

執務室の扉をノックすると、中から公爵の誰何《すいか》の声が返ってきた。

ゴスラーがいれば、誰何するのはゴスラーの役目だ。公爵本人ではなく、別の者が取り次ぐ。一応あれでも公爵なので。

一応。

あれでも。

つまり公爵の声が返ってくるということは、中にゴスラーはいないということだ。

中にゴスラーなどいない。

「ミチオです」

「おお。ミチオ殿か。入られよ」

「はっ」

かといって回れ右するわけにもいかず。

しょうがないので中に入る。

「よく来られた。悪いが、用があるのはカシアでな。今呼ぼう」

「あー。さっきロビーでそんな話が。伝えに行っているはず」

「そうか。では座られよ」

「はっ」

何もなかったことにしといたほうがよかったか？

まあいいや。

あとで、ロビーでその話を聞いただろうとか言われるのも嫌だし。

「セルマーの娘御は息災であるか？」

前セルマー伯の娘であるルティナのことだ。

「はい。がんばっております」

誰かに対して父の復讐を果たすために。

とは言わないでおくが。

止めるのを期待するなよ。

「元は伯爵令嬢だからな。そのうち、魔法使いギルドへ行けば転職できるだろう」

「……だろうな」

魔法使いギルドへ行っても魔法使いに転職はできない。

すでに魔法使いなので。

「その表情、すでに連れて行ったな？」

「……いえ」

そういう意味の表情ではない。

わざわざ説明することでもないが。

ルティナが魔法使いになっていることはおばば様にも言っていないし。

「だが、いずれなれるだろう。気長にお願いしたい」

すでに魔法使いだって。

「失礼いたします」

ドアがノックされ、公爵が誰何するまでもなく、カシアが入ってきた。

相変わらず美しい。

「どうも」

「ミチオ様、よくいらしてくださいました」

「はい」

こうも歓迎されると勘違いしそうになるね。

とはいえ、うちにはルティナがいる。

ルティナのあのかわいらしい声を毎日何回も何回も聞いている身としては、いまさらという感じはあるよな。

ルティナで十分に満足している。

いや、満足以上だ。

こんなところにいるより早く帰ってルティナをかわいがりたいくらいだ。

ゴスラーのいないハルツ公爵なんて。

「ルティナはよくやっていますか？」

「はい」

「まだ魔法使いにはなれないようだ」

公爵は余計なことを言うんじゃない。

十分なのだ。

実際はなれているのだし。

「そうですか。あそこは英才教育もやっていなかったようですし」

ほら見ろ。

カシアが落ち込んでしまったではないか。

英才教育というか、レベリングだ。

貴族の子弟だと幼いころからパーティーを組んでパーティーメンバーが迷宮に入るのが普通らしい。

ルティナは前セルマー伯の意向でそれをやらなかった。

やっていれば、すぐに魔法使いになれたかもしれない。

実際はなっているが。

「十分によくやってくれてます」

「そうですか」

「うちでは貴重な戦力でしょう」

思いっきり持ち上げてしまったではないか。

落ち込むことによってルティナを持ち上げさせる戦略か。

それが狙いなら十分に成功だ。

「はい。ルティナのこと、よろしくお願いしますね」

「ええ」

別にルティナを持ち上げることくらいどうということはないが。

「それと、今日来てもらった件ですが」

「はい」

なるほど。

主題は別か。

今から話すことのほうが主題だ。

ルティナを持ち上げさせておいて、こちらで譲歩を迫ると。

「なにやら公爵とはかりごとをして私をたばかっていたご様子」

「はい？」

「あまりにもひどいのではございませんか？」

カシアがお怒りだ。

俺を非難している。

が、何に対して怒っているのかさっぱり分からない。

これ、私がなんで怒ってるか分かってるの、と追撃されたら詰むやつだ。

さっぱり分からん。

「いやいや。別にカシアに隠していたわけではない」

公爵を見ると、救いを差し伸べてくれた。

いいぞ、もっとやれ。

ゴスラーに迷惑をかける権利をあげよう。

「秘密にしていたではありませんか」

「いや……それは」

一発で沈んだ。

やはりゴスラーに迷惑をかけるのはやめるべきだ。

ゴスラーは嘆いているぞ。

「えーっと。何の話でしょう？」

「鏡です」

「鏡？」

「ミチオ様が持ち込まれたと聞いていますが？」

ペルマスクから持ってきて公爵に売り払った鏡のことか。

「ああ。いえ、別に秘密だとは聞いていませんが」

「公爵は私に黙っていたのです」

「ほうほう」

それは公爵が悪いのではないか。

俺のせいではないぞ。

「い、いや。まだものになるか分からなかったし」

公爵を見ると言い訳した。

「あんな素晴らしいものを私に黙っておくなんて」

「なるほど。公爵が秘密にしていたと」

「そうなんですよ」

ここは俺もカシアに乗じておこう。

「いや。結果として」

「結果として秘密にしていたと」

「意図してやったことではない」

「意図せずに隠蔽《いんぺい》していたと」

公爵はギルティだ。

そして公爵への嫌疑が濃くなれば俺への嫌疑は薄くなる。

どんどん責めていこう。

「公爵はこのようにひどいのです。あんなに素晴らしいものを。インテリアとしてもよくできていますし、しかも鏡ですよ」

「しかしまだ海のものとも分からなかったし」

「いいえ。鏡ならどんなものであれ需要があるに決まってます。鏡ですよ」

カシアのほうは鏡を使ったインテリアを相当気に入っているようだ。

まあ鏡だからな。

女性需要は多いのかもしれない。

贈り物になれば程度に考えていた公爵と認識にギャップがありそうだ。

「なるほど」

「これほどの逸品、公爵が用意できると知られたら、どれほどの需要があるか。そして、もしも優先的に渡せないとなったら、どれほどの恨みを買うことか。想像するだけで震えが来てしまうほどです。公爵はそこのところが分かっていないのです」

「な、なるほど」

力説するカシアとの認識のギャップを俺も感じる。

「このような品です。入手に万が一のことがあってはなりません。ぜひ私たちの力で入手できるようにしておかねばなりません」

「ああ。なるほど」

公爵に鏡を売ったのは俺だ。

もっと売れということか。

あるいは、俺に公爵の配下になれということか。

後者はやめてほしい。

ハルツ公騎士団に入るつもりはない。

「そこのところを、ミチオ様にもご理解いただけたらと思います」

「う、うん。まあ」

どうしても引き気味になってしまうな。

「ですので、私どもがペルマスクで独自に鏡を入手することも許容していただければ、と思っています」

「ほう」

売れではなく、自分たちで独自に手に入れるということか。

独自に入手するなら、俺に配下になれという話でもない。

助かったようだ。

「各方面からの旺盛な需要に応えるために、いつでも、即時に鏡を入手できるようにしておく必要があります。そうでなければいけません。ご理解いただけますでしょうか。それだけの品なのです。素晴らしいのです」

「そ、そうかも」

ここで、たかが鏡だよ、とか言ったらボコられる流れだ。

たかが鏡だけど。

「はい。ありがとうございます」

なんか言質《げんち》を取られる流れになってしまったが、ハルツ公騎士団に入れというのでなければ、どうでもいい。

「う、うん」

「はい。ですので、私どもがすぐに動かせる配下の冒険者たちで入手できるようにさせるつもりでおります」

まあしょうがない。

すぐにほしいときがあるかもしれない。

この世界では電話やメールで簡単にすませることはできない。

俺を呼び出すのだって、ルークに連絡を入れて、その伝言が何か用件のあるときに俺のところに来て、俺がその翌日くらいに行動して、と何日もかかる。それからさらに、俺がやってきて注文を出して買いに行ってボーデまで持ってきて、とやれば、浪費する時間は一日単位で増える。

この世界ではそれが当然だとはいえ、困ることもあるだろう。

本当に鏡を使った工芸品に心酔しているのなら、懸念は理解できなくもない。

間に俺を介することで利益が減ることを嫌がっているのだとしても。

ハルツ公爵じゃあるまいし、それはないか。

いや。ハルツ公爵こそ、それはないか。

貴族とか、多少の中抜きは許してくれそうだよな。

自分自身が中間搾取の塊なだけに。

「なるほど。それなら仕方ありません。急ぎ必要な場合もあるでしょうから」

ここは文句も言わず譲っておくべきだろう。

そもそも、単に最初に俺が鏡を売りに来たから気を使って、独自に入手するよと言ってくれているだけだしな。独占権もないし、契約したわけでもないし。

ごねればなんとかなるというものではない。

多少の違約金とか慰謝料みたいなのは取れるかもしれないが、それは向こうから見れば手切れ金に等しいだろう。

公爵とは手切れしたほうがよいのではないか、というのはおくとして。

どうせ取り上げられるのなら、きっぱりと手放してしまったほうがいいだろう。

こっちだってどうしてもやりたい仕事というわけでもなく。

なくなってもたいした問題ではない。

「ありがとうございます」

「もし必要なら、そちらの冒険者をペルマスクへ連れて行くくらいのことはしてもかまいませんよ」

ここは恩を売っておこう。

「そこまでしていただくわけには」

「大丈夫大丈夫」

「それでしたら、準備しておきますので、明日の朝にでも。よろしいでしょうか」

「了解」

なにしろエルフだ。

騎士ではなく冒険者だが、カシアや公爵の手の内の者となれば、エルフに違いない。

女性もいるかもしれない。

というか、鏡にとち狂った者なら、女性である公算が大きい。

あるいは、鏡にとち狂ったカシアの手の者だ。
カシアの部下なら女性であろう。
鏡にとち狂ったカシアが鏡を手に入れるために派遣する信頼のおける部下だ。
むさいおっさんであるとは考えにくい。
鏡にとち狂った、美へのあくなき追求を指向するエルフ女性。
そんな美しいエルフ女性冒険者とキャッキャウフフの旅路。
旅の恥はかき捨て。
これは勝つる。
手取り足取り教える必要があるだろう。
この俺が、自ら、懇切丁寧に、手取り足取り、マウストゥマウスで教える必要がある。
そうでなければペルマスクまでの道のりは遠い。
ロード・トゥ・ペルマスク。
それは勝利への道。
愛と欲望への道だ。
なにしろ教える相手がエルフだからな。
一から十まで丁寧に教える必要があるだろう。
教えてやる。

ペルマスクへの道を。
愛への道を。
絶頂への道を。
美しいエルフとの愛と感動の旅路。
きゃっきゃうふふの旅路。
ビバ、冒険者の祭典へ。
美人エルフの謝肉祭へ。
肉欲と混沌《こんとん》の宴へ。

……

そんなふうに考えていた時期が、俺にもありました。
大いなる下心と若干の野望があったことは事実だが、もちろん何もなかった。
何も。
まったく。

からっきし。

無だ。

ゼロだ。

絶無の極致だ。

単に行って帰ったというだけ。

ただ運転手を務めただけですよ。

女性の冒険者がいなかったわけではない。

いた。しかも全員。しかも美人。

よりどりみどりの美人のエルフ冒険者が。

しかし何もなかった。

こっちには、モゴモゴとフィールドウォークの呪文を偽装しながらワープを使うという不安もあったのだが、呪文の小さなつぶやきが聞き取れるような距離には、エルフの女性冒険者たちは寄ってこなかった。

体が触れることなどありえないし、匂いさえ感じることがないし、なんなら存在感さえ認識することが難しいような距離。

絶望的な距離感のまま、終わってしまった。

まったくなんにもない。

起きようがない。

無だ。

ただ無駄に時間が過ぎていくだけだった。

「おかえりなさいませ」

「ただいま」

ロクサーヌなんか、家に帰っただけでこんなに近くまで来て迎えてくれるというのに。

ボーデへ行って、エルフの女性冒険者たちとパーティーを組んで、ペルマスクまでの各冒険者ギルドを巡り飛んで。

三十分も時間はかかっていない。

家を空けていたのは十分か二十分か、そんなものだったはずだ。

それなのにこの歓迎ぶり。

どこかで休息したかった。

具体的には二時間くらい。

「それじゃあアキシマの迷宮に行くか」

「はい。そうですね。おまかせください」

ロクサーヌが近くまで寄って歓迎してくれたのは、別の下心があったからか？

いやいや。

下心ならエルフの女性冒険者が持っていてもおかしくなかった。

ペルマスクまで転移する秘訣《ひけつ》を密着して教わるべきだったろう。

なんなら、ワープの呪文を口移しで伝授してもらうくらいでいい。

もっと肌の匂いを感じるほど近づいて、薫陶《くんとう》を受けるべきだったのだ。

しょうがないので迷宮に入る。

エルフの女性冒険者は、自分たちだけでパーティーを組んでみて、実際にペルマスクまで行って帰ってこれるかどうかこれからテストをするらしい。

明日また来てくれと言われた。

成功すればそこでようやくお役御免ということだろう。

ペルマスクの鏡は多少安く買えるようにセリーが交渉したと思うが、その引き継ぎまでは行っていない。

そこまでする必要もないだろう。

なんで俺がペルマスクに入っていないのかという話にもなりかねないし。

なんでだっけ?

ああ。そうか。あのときはまだ冒険者ではなかったのだ。

やっぱり黙っておいて正解だ。

そんなことを説明するわけにはいかん。

今日は、おとなしくアキシマの迷宮に挑む。
アキシマの迷宮は地図や情報がないのが素晴らしいよな。
ロクサーヌがどんなに気張ろうが、簡単に階層を上がっていくことはできない。
地道に少しずつ探索していく必要がある。
これがいい。
こちらが実力を蓄えられる余裕がたっぷりあるということだ。

第六十四章　制限

ミ　リ　ア

現時点のレベル＆装備

暗殺者　*Lv 43*

装備　硬直のエストック
鉄の盾
チェインメイル
頑丈の硬革帽子
硬革のグローブ
硬革の靴
身代わりのミサンガ

「ではいってくる」

「はい。いってらっしゃいませ」

一日を無難に過ごし、次の日にまたボーデへ出かけた。

最近朝は出かけることが多い。

そうでもないか。

割と昔からか？

前からこんなもんだったような気がしないでもない。

この世界、昼の二時とか三時とか指定して待ち合わせるのは無理なので、誰かに会おうとするなら朝一番が一番よくなってしまう。

十一時四十五分とかに待ち合わせるのは絶対無理だしな。

昼に会おうとすれば待つために無駄な時間が発生して結局一日仕事になる。

朝向こうが出かける前に会いに行ければそれが一番なのだ。

だから、今日も今日とてこうして出かけた。

「閣下は執務室におられます」

「そうか」

ボーデの城では、今日も今日とて勝手に奥へ行けと通される。

「あの。ありがとうございました」

「ん？」

いや。違った。

「妻が昨日どこかの都市へ連れて行っていただいたとかで」

呼び止められたが、この人の妻が昨日のエルフ女性冒険者のうちの一人だったらしい。

手は出してないぞ。

出したかったが。

綺麗《きれい》な奥さんをもらうとか、この受付も隠れた人生勝ち組か。

まあ分からんけどな。

ヒト族から見れば全員が美男美女に見えるエルフの中でも美醜はあるのかもしれない。

この人も、奥さんの鼻があと一ミリ高かったら大地の全表面が変わっていたとか考えている可能性はなきにしもあらず。

「ああ」

「妻はおおいに喜んで、自分用の鏡を手に入れるのだと張り切っております」

奥方の物欲を刺激してしまったようだ。

つまり、鏡を買いたいからもっと稼げと言われているんですね、分かります。

誕生日プレゼントは鏡、キミに決めたあ、と言われてるんですね、分かります。

結婚記念日がいつだか覚えてる?、と質問されたんですね、分かります。

なんなら、結婚記念日でもなくて二人で初めて皿を買った日とかもあるかもしれない。

結婚して初めて服を買った日、とか。

知らねえよ。

旦那関係ないだろ。

やはり結婚は人生の墓場なり。

綺麗な奥さんをもらったから人生勝ち組、ということはなかった。

いや待て。

変なところに連れて行ったせいだと考えているわけじゃないよな。

妻を堕落の道に引きずり込んだとか考えているわけじゃないよな。

こいつが悪いとか思ってるわけじゃないよな。

お、俺のせいじゃねえよ。

「あー」

返事もそこそこに公爵のいる執務室へ向かう。

勝手に奥へと通すハルツ公爵の家風が今日のみは素晴らしいものに思えた。

「どうした？」

「ミチオです」

「入ってくれ」

執務室に着いて扉をノックをすると返事が来る。

この声はゴスラーだな。

ゴスラーがいてくれる安心感よ。

ハルツ公爵家も捨てたものではない。

ゴスラーがいれば安泰だろう。

「ミチオ様、昨日はありがとうございました」

執務室の中にはカシアもいた。

綺麗に頭を下げてくる。

カシアもいるし、ハルツ公爵家は安泰だな。

ハルツ公爵なんていらなかったんだ。

「ミチオ殿、かけられよ」

「はっ」

存在が必要がなかった公爵の勧めでソファに腰を下ろした。

「ミチオ様、昨日あれから試してみたところ、彼女たちだけで無事ペルマスクへ行くことができました。ありがとうございます」

座ると、再びカシアから丁寧に頭を下げられる。

何をしても綺麗で絵になるな。

「おお。それはよかった」

「はい。ミチオ様のご薫陶よろしきを得たおかげです」

「いえいえ」

薫陶を浴びせられる位置には寄ってこなかったけどな。

「ミチオ殿には世話になった。当然、報酬についても考えておる」

ハルツ公爵からお言葉をいただきました。

綸言汗《りんげん》のごとし。

「あー。はい」

もちろん、もらえるものはもらっておこう。

誠意は言葉ではなく金額。

当方は可換学派に与《くみ》しているぞ。

「大がかりな迷宮討伐が起こったときに、迷宮を討伐する権利をミチオ殿に委ねようではないかとカシアとも話しておる」

「迷宮を討伐する権利？」

なんじゃ、そら。

クソゲーを購入する権利を与えようということか？

「迷宮が討伐されると、周囲の迷宮の難易度が下がるという話は知っているか」

「ああ、はい」

セリーがそんなことを言っていた。ような気がする。

気にしたことはなかったが。

知っていたことにしておこう。

「五十階層の迷宮を討伐したところで、周囲の迷宮で下がる難易度は微々たるものだ。だが、より上の階層まである迷宮を討伐すれば、周囲の迷宮の難易度は加速度的に下がっていく。周囲の迷宮の難易度がはっきり下がるような大がかりな迷宮討伐も、年に何回かは発生する」

「ふむふむ」

「そのときには周囲の迷宮を討伐しやすくなる。そんな迷宮を討伐してもその土地の領主として叙爵されるわけではないが、訓練には最適だ。たいていは、難易度が下がる原因となった最初の大きな迷宮を倒した者たちの支配地に組み入れられるだろうが。それでも、二十三階層とか三十四階層とか四十五階層に初めて入るのにもってこいだ」

二十三階層、三十四階層、四十五階層は、現れる魔物のグループが切り替わって一段階強くなる階層だ。

二十二階層で戦っている人が二十三階層へ足を踏み入れるのは、少し躊躇《ちゅうちょ》するものが普通はあるだろう。

かまわず突き進むのはロクサーヌくらいなものだ。

周囲の迷宮が討伐されて難易度が下がっているときなら、進みやすい。

問題なく戦えるようなら、それでよし。自分のレベルでは心持ち足りないと感じても、難易度が下がっている状態で戦い慣れていけば、次は通常の状態でもやっていける。

そういう迷宮攻略ハックがあるのね。

いろいろ考えて工夫しているのだろう。

上に政策あれば下に対策あり。

「なるほどお」

「まあ、どこの迷宮がそうなったかなどという情報は、冒険者ギルドなどに出回ることはまずない。帝国解放会ならば、多少は出るだろうが。いずれにせよ、貴族でないと新鮮なうちにそういった情報を入手することは難しい」

「うーむ」

汚いなさすが貴族きたない。

「貴族にはそういった迷宮を討伐する責務もあるからな。それと裏腹だ」

自己弁護したって駄目だ。

というか、そもそもその責務を人に押しつけようとしていることを忘れてはいけない。

弁護になってないだろう。

「ふーん」

「訓練としても最適だ」

確かに、訓練にはなるだろう。

下の階層なら。

「まあ下の階層はいいとして、最上階の五十階層も訓練？」

二十三階層や四十五階層なら、ボス戦を周回できる。

何度もやれば訓練になるし、何組かパーティーが来ても大丈夫だ。

これに対して、最上階のボス戦は一度戦ったら終わりだ。

最上階のボスが倒れたら迷宮そのものが討伐されてしまい、なくなってしまう。一回しか戦えない。

訓練どころの騒ぎじゃないだろう。

それならば、クーラタルの迷宮とかの五十階層以上まである迷宮で五十階層のボス戦を周回したほうがいい。

五十六階層のボス戦とかなら、いいのかもしれないが。一段敵が強くなるから。

そんなにうまくいくわけはない。

討伐する前に迷宮が何階層まで育っているかを知るすべはないらしいし。

姿を現してまだ間もない迷宮なら五十階層だろう、というくらいか。

たまたま討伐してみたら五十六階層でした、ではひどく効率が悪いはずだ。

普通そんなことはしないだろう。

それなら、五十七階層以上確実にある迷宮で五十六階層のボス戦をこなせばいい。

「何事も経験だ。一度楽なところで迷宮を討伐しておけば、次回からは変に萎縮することなく戦える」

「経験か」

そういうこともあるかもしれない。

無理やり屁理屈をひねり出してこじつけただけのようにも思えるが。

どうなのかね。

まあ、貴族の世界では広く信じられているのかもしれない。

そこまでの効果はないにしても、全面否定するものでもないだろう。

「ミチオ殿にそのつもりがあるのなら、適切な迷宮をぜひ斡旋させてほしい。よい経験はきっとミチオ殿の力になるはずだ」

「五十階層は、早い者勝ちになってそんなにうまくいかないのでは？」

なにしろ一度倒したら終わりだ。

五十階層のボスを倒すなと強制することはできないし、迷宮に入ることを禁止するのも無理だ。

人のいない夜中にでも迷宮に入ってしまえば分からない。

狙って討伐するのは無理ではないだろうか。

「違うパーティーに討伐されてしまうのではないかということか?」

「まあ、そういう可能性が」

「ないとは言わぬが、高くはないな。仮に攻略が五十階層まで進んでいるような迷宮ならそうなるが、そこまで行っている迷宮を貴族に割り当てて討伐させるようなことはない。普通は、攻略が進んでいても四十数階層か、それ以下の迷宮になる。討伐すると決めたら階層を突破しても入り口の探索者に教えなくなるから、何組ものパーティーを送り込める貴族が情報を共有すれば、よそのパーティーが討伐してしまうことはない」

やはり貴族きたない。

入り口の探索者を巻き込むのか。

通常、迷宮の入り口にいる探索者に頼めば、攻略が進んでいる一番上の階層まで連れて行ってもらえる。それは、階層を攻略したときに入り口の探索者に新規となった階層を教えているからだ。

階層を攻略して一つ上の階層に進んでもそのことを教えなければ、ライバルたちが一番上の階層に入ってくることはない。

一階層や二階層ならどこかのパーティーに先を越されることもあるだろうが、攻略する階層が増えていけばそうはいかなくなる。どのパーティーが一番最初にボス部屋にたどり着けるかは、結局は運なのだから、試行回数が増えれば、大数の法則に従って平均に回帰する。情報を共有していない野良のパーティーが何階層も連続してトップで通過し続けることは難しいだろう。

どこかの階層で貴族の麾下《きか》にあるパーティーが最短で攻略することが期待できる。一つのパーティーが階層を最初に攻略できれば、次の階層では同じ貴族の支配下にあるすべてのパーティーがほぼ同時にサイコロを振りなおせるのだから、勝ちは決まっているようなものだ。

あるいは最短でなくても、二番目三番目で次の階層が二番目くらいの攻略でもトータルではトップに立つことができるだろう。

「さいで」

「迷宮を討伐することは貴族の責務だからな」

「なるほど」

建前というよりは本当にそう信じてそうか。

なんのてらいもなく、こうもあっさり正面から言われると。

迷宮を討伐するのが貴族の義務だから迷宮を討伐して当然である、と。

そのためにどこかの野良パーティーが経験を得られなかったとしても、それはしょうがないことであると。

あくまでも責務が優先。帝国を守るためには仕方がないことなのだろう。

実際、帝国は迷宮と一進一退の争いを繰り広げているのだし。

迷宮に侵食された地域がどうなってしまうのか。それは今入っているアキシマの迷宮やその近くのタリ……カウだかタチカワだかを見れば分かる。

存亡の秋《とき》にあるなら、多少のことにはかまってられないだろう。

貴族に肩入れするのも当然かもしれない。

なるほど。

迷宮討伐を経験しておくことは本当に役に立つかもしれない。

役立つからそういうシステムになっていると見ることもできる。

ならないかもしれないが。

どうなんだろう。

あまり役立ちそうには思えない。

「だから、ミチオ殿にも経験を得る機会を提供できればと考えておる。もちろん五十階層での迷宮討伐だけとは言わない。二十三階層でも三十四階層でも四十五階層でも、ミチオ殿が適切なときであると判断されれば、情報を提供しようではないか。その上で、いつか五十階層での迷宮討伐の経験も積んでほしい」

つまりこちらの事情を探ろうという目的もあるのかもしれない。

二十三階層三十四階層四十五階層を経験させてくれと申し込めば、こちらがその階層へ行けるようになったのだと判断できる。

五十階層以上以外の階層ならば何パーティー放り込んでもいいのだから、情報だけただもらいである。

むしろ、経験させてやると言いながら無償で討伐に参与させているようなものだ。

ブラック企業かよ。

最上位の階層だけは、一パーティーしか突破できないので多少のコストはかかるが。

それとて、席の奪い合いというほどではないのだろうと思う。

年に何回かあると言っていたし。世紀のビッグチャンスというほどではない。

貴族の責務として結局のところ討伐しなくてはいけないのだし、いくらかはハルツ公爵のところに回ってくるだろう。

それをこちらにありがたがらせて押しつける算段か。

「ふうん」

「いえ。対価はもちろんそれだけではありませんが、ミチオ様の働きに報いるとりあえずの返報であるとご笑納ください」

俺の態度が微妙だったことを察してか、カシアが強めに勧めてきた。

まあ断る理由はない。

断る口実も難しいしな。

五十階層を踏破できる実力をつけたときにそのことを知られることにはなるが、だからどうだというものでも、あまりないだろう。

どうだろうか。

なんかあるんだろうか。

迷宮を討伐できる実力があるならとむちゃ振りされるとか。

ハルツ公爵なら可能性はあるが、そこはゴスラーとカシアが抑えてくれることを期待しよう。

大丈夫だ。

大丈夫に違いない。

大丈夫だと判断してもあながち間違ってはいないと考えてよいのではないかな。

多分。

「まあそのときが来ればありがたく」

「受けていただけるか。ミチオ殿がいずれ活躍し名を成すことは目に見えているが、それに力を貸したとなれば、ハルツ公爵家の面目も立とうというものだ」

ああ。そういえば俺は貴族の間ではハルツ公爵派閥ということになるらしかった。

派閥の人員の面倒をちゃんと見て、迷宮討伐の経験まで与えてやったとなれば、ハルツ公爵としても周囲に大きな顔ができるのだろう。

「ほうほう」

まあ、うちにはそのハルツ公爵を親の仇とつけ狙っている人もいるわけだが。

どこまでやる気なのかは知らないが、いざ実行となったとき、勝ち目があるならば俺に止めるつもりはないぞ。

悲しいけどこれ、戦争なのよね。

当面は、勝ち目がないからやめときなさいと説得するほうに回るだろうが。

つまり勝てるようなら話は別だ。

いつまでも反対はできない。

あんまり理不尽に反対すると、こっちが親の仇だと判断されかねないし。

一応、作戦行動には従事していたのだ。

敵視のベクトルが俺のほうへ向いてもおかしくはない。

ハルツ公爵を親の仇と思ってそっちに敵意を向けてくれるのはありがたいことだろう。

俺としては現状維持が好ましい。

積極的に反対はできない。

あとは、まあ時間が解決してくれるだろう。

「それとは別に、直接支払う報酬についても、もちろん考えています」

「はい」

「将来のルティナのために、杖《つえ》で使える装備品がよいのではないかと」

カシアが提案してくる。

ルティナが魔法使いになったときに使える装備品ということか。

すでに魔法使いであることは把握していないようだ。

まあおばば様にも言ってないし。

積極的に広めることもないだろう。

「あー」

「何かいけませんか？」

カシアが報酬をくれるというのならもちろん断る理由はないが。

「ここのところ装備品の更新はルティナのものばかりが続いているんですよ。入って間もないので仕方のない面はあるんですが。とはいえ、あまりルティナばかり強化されるのもどうなんでしょうか。パーティーのバランス的に」

ほかのメンバーが気にするかもしれないし、気にしないかもしれない。

ロクサーヌは、あまり気にしないだろう。

というか、おまえは現状の装備でどんどん上の階層へ進もうとしているのだから、現状のままだがんばれ。

というか、あまりがんばるな。

装備品を強化などしたらオーバースペックだ。

セリーの場合も、スキル結晶を融合するなどして自分で装備品を強化していくのが本道だから、他人をうらやんではいけない。

ミリアとベスタは、文句を言う資格があるな。

あんまり面と向かって不平を漏らすタイプではないとはいえ。

文句の一つ二つは言っていい。

とりわけベスタなんかは、全然装備が更新されないのに前衛でビシバシ戦って、しかもロクサーヌがどんどんと上の階層に引っ張っていくのだ。

頭が下がる。

むしろ文句を言っていい。

文句を言え。

ロクサーヌに。

ミリアもそこまで条件が違うわけではない。

一応硬直のエストックは渡してあるが。

ベスタなんか回避メインでなく攻撃を受け止めていくタイプなのに、一向に防具が更新されないまま上の階層へ進んでいくのは、結構不安があるのではないだろうか。

文句はどんどん述べていいぞ。

やっぱり、そうそうルティナの装備ばかり更新するのはまずい気がする。

「なるほど。そういうこともあるかもしれませんね」

カシアも賛同してくれた。

「城の武器庫にある装備品の中から、好きなものを一つ選んで持っていくがよい」

「武器庫……」

「まあ、使い手がいる装備品は持ち出し、貸し出してあるから、そう貴重なものがあるのでもない。残り物だと考えて、遠慮せずに受け取ってくれてよい。とはいえ、我がハルツ公爵家が集めた品々だ。ミチオ殿のパーティーにとって有益なものがあるであろう」

武器庫を漁《あさ》ってよいとのありがたい報酬が。

実際にどれくらいのものがあるのかは不明だが。

確かに、使える装備品なら武器庫に置かず使っているだろうから、あるのは残り物か。

今は平和な時代というわけではない。

ハルツ公爵家も日々迷宮と戦っている。

使える装備品を倉庫の肥やしにしておく余裕はないだろう。

武器庫に置いてあるものは現在使用者がいない装備品であり、失ったところでそれほど痛くはない、ということか。

特別に貴重なものはどっか別の場所で厳重に保管しているだろうし。

それを寄越さんか。

まあ無理だろうが。

「ありがたく」

しょうがないので、もらえるものはもらっておこう。

鏡を売る利権に比べたら安いことは確かだろうが、今はお金があっても仕方がない。

白金貨がアイテムボックスの肥やしとなっているくらいだしな。

おそらくはもう今後一生俺は食うに困ることはないだろう。

お金に困ることがないかどうかは別にして。

昔、ある金持ちが、貧乏人は十円千円の金に苦労するだろうが金持ちも一億十億の金に苦労する、と語っていて、なんちゅうイヤミなやつだと思ったことがあるが、ある意味、それは正しかった。

俺は多分一生食うには困らない、十ナール千ナールの金に苦労することはないが、一億ナールの金には困ることがあるかもしれない。

まあそれはともかく、鏡を売る利権程度で困ることはない。それよりもむしろ、お金では手に入らないものに困ることとなるだろう。

実際、帝国解放会のロッジで装備品を買うためには、身代わりのミサンガなどの貴重な装備品を代わりに売る必要があるのだし。

装備品を得られるチャンスは少ないので、もらっておいたほうがいい。

最悪、帝国解放会のロッジで売却できるくらいの装備品であれば問題ない。

この世界の装備品、出所が問われることはないし。

「そうか。それなら話は早い。今からゴスラーに案内させるので、武器庫に行って好きなものを持っていかれるがよい」

「今から」

相変わらずせっかちだ。

いらちやなあ。

ゴスラーも苦労するわけだ。

「時間をかければ貴重なものを武器庫から移したと疑われかねないからな」

「別に思わないが」

「ミチオ殿ならば文句は言わないだろうが、誰が何を言うか分からんのでな」

「なるほど」

貴族が集まるのは伏魔殿ということか。

誹謗《ひぼう》、中傷、こき下ろしは貴族の常ということなのだろう。

反対派に属する者たちにいらぬ口実は与えないと。

ハルツ公爵も苦労しているらしい。

ちなみに、俺はすでに移したあとだと思っている。

こういうときのために、一般向けの武器庫と本当に貴重なものをしまっておく武器庫との二つくらいは用意してあるだろう。

城なんだから一部屋二部屋増やすくらいの空間は余裕であるし、部屋を作る資金がないということも考えられない。

武器庫を増やすと警備が大変になるということはあるかもしれないが、公爵が普段使う寝室の奥にでも一本道でつなげておけば、そこまでの手間はいらない。

かえって、どこかから奇襲を受けたときに逃げ込める場所になっていいだろう。

ルティナがハルツ公爵に復讐《ふくしゅう》を果たす場合にはその可能性について教えてあげたほうがいいかもしれない。

吉良殿は炭小屋に。

「武器庫にあるものならどれでも、二つ持っていかれるがよい」

「よろしいので?」

「世話になっているからな」

これも口さがない貴族対策ということなんだろうか。

公爵ともなると自分が取るばかりというわけにはいかないようだ。

「ではありがたく」

もらえるもんはもらっちゃうよ。

「ミチオ殿、こちらへお越しください」

ゴスラーが部屋の出口で俺を案内しようとした。

早速行くか。

「ミチオ様、ペルマスクの件、重ね重ねありがとうございました」

俺も出ていこうとすると、カシアが頭を下げる。

「いやいや。お役に立てれたのなら幸いです」

「はい。それはもちろん」

鏡の利権は失ってしまったが、カシアが頭を下げてくれただけで十分だろう。

さっきも思ったように金の問題ではもうないのだから。

ハルツ公爵の執務室を出て、ゴスラーについていった。

結構歩いて、一つの部屋にたどり着く。

「ここが武器庫になります」

「ほう」

武器庫は、執務室からは結構離れた位置にあった。

思うに、執務室を寝室から見て城の反対側に置いたりはしないだろう。せっかちな公爵のことだからして。

やはり執務室や寝室に近いところに本当の宝物庫が別にあるのでは。

まあ貴族なので城そのものは代々受け継がれているだろう。

執務室や武器庫を設置したのは以前の当主であったかもしれない。

どうせ本物の宝物庫には連れて行ってくれないだろうからどうでもいいか。

今はこっちをしっかりと漁ろう。

武器庫は、部屋の広さはそれなりだが、詰まってはいない。

ありていにいえばスカスカというところ。

有用な品は公爵領騎士団の団員とかにかなり貸し出されているのだろう。

逆にいえば、ハルツ公爵領騎士団は装備品の貸与をしてくれるホワイトな就職先といえることがあるかもしれない。

ないない。

やっぱり武器庫にはろくなものがないと考えるのがよさそうだ。

どうせスカスカだし。

目立つのはプレートアーマーくらいか。

ベスタが使っている鋼鉄のプレートメイルより物はよさそうだ。

ただ防具というのはどうなんだろう。

防具を強化しても強くなった気はせん。

いい防具を装備したから被ダメが減って楽に戦えるようになった、ということは、実際問題としてはそこまで起こらないのではないかと思う。

被ダメを一割程度減らしたところで戦いの様相はあまり大きくは変わらない。

八割九割カットできれば、もちろん楽になるだろうが、そこまでいくにはとてつもないほど大幅な防具の強化が必要だ。

さすがにプレートアーマー一つでそこまでよくなることはないだろう。

いろいろ防具を強化して被ダメを半分に減らせたとしても、戦いへの影響は微妙なものとなる。

戦いの中で想定の倍ほどのダメージを受けることなどよくある。まれにではなく、よくある。そしてそうなった場合、防具を強化した分の恩恵はすべて吹き飛ぶ。

その分の余裕は、あらかじめ見ているだろうが。

冷静に判断すれば上の階層でも戦っていけると考えることにはなるだろうが、すぐに身をもって実感できるレベルではない。

その意味で、防具を強化したから強くなった、と自覚することは難しいだろう。

もちろん、最終的には防具の強さが影響してくるし、強化も必須ではあるが。どこまで効果を実感できるかという点で、防具というのは少し弱いのではないかと思う。

やっぱ派手なのは武器だよな。

いい武器を入手できて魔物の殲滅《せんめつ》速度が上がったら、大手を振って上の階層へと進んでいける。

まあ、今の俺たちにとって殲滅速度が上がるほどの良質な武器がこんなところに眠っているとは思わないが。

そこまでではなくても、いい武器ならばありがたい。

あるいは逆に、防具のほうが目立ちにくいという利点はあるかもしれない。

ハルツ公爵からのもらい物でパーティーが強くなったとなれば、親の仇とつけ狙う人のやる気や俺への評価が下がる恐れもあるし。

そうでもないか。

そこは、ハルツ公爵から奪い取ってきたと説明しておけばいい。

モノは言いようだな。

何もなければあのプレートアーマーにしようと考えつつ、品を漁る。

お。

スカスカだと思っていた武器庫だが、一角だけ剣が大量にあるな。

しかも、オリハルコンの剣だ。

大漁大漁。

なぜこんなに？

「やはりそれに目をつけられますか」

ちょっと目を向けただけだと思うが、ゴスラーが突っ込んできた。

「オリハルコンの剣だな」

「お分かりになられますか。さすが」

「なぜこんなにたくさん？」

オリハルコンの剣だと分かったのは鑑定のおかげだが、一種類の剣だけが大量に置いてあったら、気にはなるだろう。

「有用な剣なので、入手できる機会があるごとに集めてはいるのですが、なにぶん使える者も少なくて」

「なるほど」

両手剣は駄目なんだろうか。

人気がないのか。

まあ片手剣にして盾を装備したほうが安全ではある。

魔物の攻撃を防いでくれるという意味で、盾の安心感はでかいだろう。

両手剣のＨＰ回復機能にまかせて相討ち上等で殴り合う、なんてことは普通はしない。

回復機能なんて普通の剣にはないし。

もっとも、うちには両手剣を左右両方の手に片手で装備しビッタンビッタン魔物と殴り合っている人もいるが。ＨＰ吸収もないのに。

普通ってなんだろう。

「ご存じのとおり、オリハルコンの剣は妙な重さがあるので鍛えていない者は振り回されるだけでまともに使えませんから」

「うむ」

全然ご存じではない。

まあ、重くて使えないというのは、分からなくはない。

聞いたこともない。

そういうこともあるのだろう。

よく分からないが、まあここは知ったかぶりをしておこう。

せっかくゴスラーが誤解してくれているのだし、その幻想をぶち殺すことはない。

「ああ。そういえば、限定されたものもあった」

ゴスラーが突然叫んだ。

「限定？」

「オリハルコンの剣を初心者が使えるように限定したものです」

「なるほど？」

そういうのもあるらしい。

シッタカが露呈してしまった。

重くて使えないのに、限定すれば使えるようになるらしい。

半分にするとか？

子ども用の小剣にするとかだろうか。

それなら確かに重くない。

「あそこに別で保管されているのが限定されたやつです。持っていかれても大丈夫なのかどうか。公爵閣下がどうお考えなのか分かりませんが、好きなのを二つ持っていっていいと言われたので拒否はできません。ただ、選ばないでいただけるとありがたい」

ゴスラーが、別に置いてある一本の剣を指さして言う。

オリハルコンの剣だ。

というか、普通にオリハルコンの剣だな。

子ども用の小剣とかではないらしい。

鑑定しても、オリハルコンの剣と出る。

本当に別物なのか？

わざわざ分けて置いてあるくらいだから別なんだろうが。

鑑定だと見分けがつかない？

「いや。まあ選ぶつもりはないが」

「それはありがたく」

「しかし混ぜてしまえば分からなくなりそうだな」

「誰か初心者に持たせれば一発です」

そういう見分け方かよ。

初心者が持てるように限定されたオリハルコンの剣なら初心者でも持てると。

そうでないオリハルコンの剣は初心者には重すぎると。

つまり、熟練者になれば見分けることができないのではないだろうか。

なんというベテラン泣かせの剣。

試しに、限定されているのではないほうのオリハルコンの剣を握ってみる。

問題なく持てた。

別に普通の剣だな。

「ふむ」

「おおっ。さすが。しっかりと鍛えておりますな」

「うーむ」

そういうものなんだろうか。

「冒険者でオリハルコンの剣を使いこなすのは相当の手練《てだ》れのみ。見事なものです」

「ああ」

ただの冒険者ではないからなあ。

ジョブの英雄とかに両手剣が装備できる補助効果とかがありそうだ。

そういうことだろうか。

「限定されたオリハルコンの剣など無用のものでしたな。いやはや。持っていくのを心配するなどミチオ殿には失礼なことでした」

持っていかれたくないためのヨイショか。

どれだけ持っていかれたくないのか。

ゴスラーは苦労しているらしい。

念のため、別に置いてある限定されたオリハルコンの剣も持ってみた。

うむ。

違いが分からん。

本当に別なのか？

「まあ確かに必要はなさそうか」

「限定は、制限することも解除することも何度でも自由にできるとはいえ、かかるコストが大きいので、実際に何度もやるわけにはいきません。うちでも、限定されたものは一本

しか所有しておりません。もっと気楽に使えればいいのですが」

あるいは、装備制限みたいなものがあるのかもしれない。

聞いたことがないとはいえ。

デュランダルは最初から使えたし。

オリハルコンの剣だけそういうことがあるのだろうか。

腕力が低い人は駄目とか。

レベルいくつからとか。

なくはないのか？

「そうなんだ」

「ですから、当主か次期当主が装備する場合でないとおいそれとは使えません。ここだけの話、閣下も当主になってしばらくは使っていました」

補助輪付き自転車みたいな感じだろうか。

使えば初心者に便利だが、補助輪を付け外しするコストがでかいので自由にはできないと。そのために、一本だけ所持しておいて、当主や次期当主に専用で使わせると。だから持っていってくれるなと。

あのハルツ公爵が補助輪付き。

補助輪付き。

しかし、貴族の生まれだとこういう面でも有利なのか。

「まあ、限定されたものは取らないとして、通常のオリハルコンの剣でももらっていくとしよう」

「ありがたいことです」

通常のオリハルコンの剣でも本当なら持っていかれたくないくらいだと思うが。

それなのに限定されたものには手を出さないことで逆に恩を売ることになって上々だと考えておこう。

結構本数を集めているから、そうでもないのか。

ここにあるものを持っていってもいいと言い出したのは向こうだ。オリハルコンの剣は想定の範囲内だろう。

あるいは、見事だまされてオリハルコンの剣を持っていったと笑うかもしれない。

限定されたオリハルコンの剣は釣り餌で、それを目くらましにして何か隠しておきたいものがあるとか。

別に本命があるのか？

よし。

もう一度じっくり全部検討させてもらうか。

武器庫内をじっくり見渡す。

ネズミ一匹逃さぬほど見てみたが、ないな。

アリのはい出る隙間もないほど見てみたが、ないな。

シラミつぶしに見てみたが、ないな。

ないものはしょうがない。

「では、こちらを」

「分かりました。このたびのご助力に再度お礼を申し上げます」

オリハルコンの剣を二本見つくろって、ちょうだいする。

空きスロットの多いやつだ。

これで戦力の増強になるだろう。

その後、すぐクーラタルの家に帰った。

「おかえりなさいませ」

「おう。ただいま」

「はい」

ロクサーヌが迎えてくれる。

みんなもいるな。

「ベスタ、こいつを振れるか？」

「剣ですか？」

ベスタにオリハルコンの剣を渡した。

現状で使うとなればベスタだ。

ルティナがジトッとした目で見ているような気がする。

どこに行ったのかは知っているわけだから、誰から施しを受けたのかも分かるわけだ。

誰から？

親の仇から。

「ハ、ハルツ公爵からの品だが、公爵家の武具を減らすことになったのではないか」

「そうですね。剣を失ったときに使える予備の剣が減りました」

仇を取ることは諦めてないらしい。

俺の見ていないところで頼む。

「問題なく使えると思います」

「二本でいけるか？」

「……はい。大丈夫だと思います」

ベスタはオリハルコンの剣二本を軽々と二刀流で振り回した。

簡単そうに、ぶんぶんと振り回している。

初心者には使えないとはなんだったのか。

いや。ベスタは初心者とはいえないか。

迷宮に入るようになってまだ間もないので、経験時間的には初心者だが。

まあベスタだしな。

迷宮四十何階層のボス戦でビシバシ剣を振るっている人を初心者とは呼べないだろう。

ロクサーヌの薫陶甚だしきものがある。

「セリーはオリハルコンの剣とかを初心者が使えないという話は聞いたことがあるか?」

「はい。そのようですね」

セリーに尋ねると肯定が返ってきた。

「やっぱそうなのか」

「上級者が使うものですから、硬くて重くて大きいのは当然ですね」

「ふむ」

そういう認識なのか。

俺が使う剣も硬くて大きいぞ。

「ベスタが使っているのはオリハルコンの剣ですか?」

「そうだ」

「それをああも軽々と振り回すとは」

ベスタ、恐ろしい子。

「オリハルコンの剣ですか」

「う、うむ。確実にハルツ公爵家から二本減ったことになる」

ルティナがなにやらつぶやいていたので、とりなしておく。

別にこれでハルツ公爵に借りができたわけではないから。

ほんと、恩を売られたわけではないから。

むしろ戦利品だから。

「そうですね」

これでなんとかなったな。

「借りる、です」

「はい」

「重い……です」

ミリアがベスタにオリハルコンの剣を借りている。

オリハルコンの剣は、ミリアには重いようだ。

初心者用に制限されたものを持って帰ってきたなどということはなかった。

「確かに重いですが、振り回せないほどではないですね。ただ、魔物の攻撃からの回避が遅くなってしまっては本末転倒です。私には合わないですね」

ミリアの次にオリハルコンの剣を借りたロクサーヌは、振れないこともないらしい。

パないす。

「振ることは振れます。振り回すなら重いほうがいいでしょうし。しかし、そういう武器でもないですか」

セリーも、ロクサーヌほど軽々とではないが、使えている。

すごいな。

むしろロクサーヌよりセリーのほうがすごくないか？

ロクサーヌはもうロクサーヌというジャンルなので。

しかしなるほど。

装備制限とはいっても、あるレベルにならないと使えない、腕力などがある数値にならないと使えない、それ以下ではまったく使えないのにある数値を超えればとたんに十全に使えるようになる、というものではないらしい。

ベスタは完全に使えるが、ロクサーヌはそこまででもない、セリーは、一応は使えるというレベル、ミリアは使えない、とこのようにグラデーションがある。

そのために、装備制限ではなく、重い、という認識になっているのだろう。

本当に重いだけという可能性もあるが。

それならば限定することができるのはどういうことか、という話だよな。

魔法のある世界で考えることではないかもしれないとはいえ。

「そういえば、初心者が使えるように限定することもできるという話らしいが、セリーは知ってるか？」

　オリハルコンの剣をベスタに返したセリーに聞いてみた。

「ええっと、限定をすると、確かに誰でも使えるようになるそうです」

「それそれ」

　ちゃんとセリーも知っている話か。

「あれは限定された？……いえ、ミリアが重いと言っています」

「うん」

　ミリアまで振り回していたら、間違って限定されたものを持ってきたかと思ってしまうところだったよ。

　全部キミらのせいだ。

「あれはかっこつけたい金持ちの道楽息子とかがやるもので、デメリットばかりで格別なメリットはないそうです」

　言われてるぞ、ハルツ公爵。

「そうなのか」

「コストばかりがかかって性能もはっきり落ちるそうですし」

　やはり性能も落ちるのか。

　まあ、落ちなかったら元に戻したりはしないよな。

「別に限定したりするつもりはない」

「はい」

「気になっているのは、元に戻すほうだ」

「戻す、ですか？」

気になっているのは、オリハルコンの剣でもない。

デュランダルのことだ。

デュランダルはいい剣だ。

オリハルコンの剣よりもいい剣だろう。

いい剣に装備制限が必要だというのなら、オリハルコンの剣よりもデュランダルにこそ装備制限があってしかるべきではないだろうか。

デュランダルほどの名剣なら、上級者のみが使えるという制限があっていい。

しかし、デュランダルは最初から使えた。

俺がまだ村人Lv1だったときから。

いや。正確には、村人Lv1、盗賊Lv1だったときからか。どうだったか。

まあたいした違いはあるまい。

完全初心者の村人Lv1だけであっても使えたと思う。

初期特典だから当然、という考えもあろうが、終盤からしか使えない最強装備が特典というゲームだってなくはないだろう。

ゲームではないから終盤からしか使えないのでは困る、ということはあるかもしれないが、それでも、最初から最強の装備がほいほい使えるようなのはおかしいといえる。

デュランダルが初心者でも使えるように限定されたものである可能性があるのではないだろうか。

「そうだ」

「戻すのは、限定するのと同じことをすればいいはず。確かそう聞きました」

「なるほど」

トグルになってるのね。

同じスイッチを押すことによって、ついたり消えたりするのがトグルスイッチだ。限定されていないものに対しては限定し、限定されているものに対しては元に戻すと。その際に必要な行うことは一緒だと。

まあそんなもんではあろう。

うまくできている。

「ギルド神殿を融合すればいいはずです」

セリーがそのやり方も教えてくれた。

「ギルド神殿？」

「迷宮が討伐されるときの、最終ボスが残すアイテムになります。迷宮一番上にある最後の階層でボスが倒され迷宮が討伐された場合、そのボスがいつも残すアイテムとは違い、どの迷宮でもギルド神殿が残ります」

「へえ」

迷宮を倒したときのドロップアイテムを使うのか。

それはまあ、コストとしては大変そうだな。

ハルツ公爵家でも躊躇するくらいには。

スキル結晶と違って討伐したときに確定ドロップするなら、そうでもないか？

でも、普通のボスドロップと違い周回できないからなあ。

やっぱり貴重は貴重か。

基調は貴重だと機長も言っていると帰庁して記帳しよう。

「通常、ギルド神殿はその名のとおり各種ギルドを開設するために使います。ギルド神殿がなければ探索者ギルドも冒険者ギルドも作れませんから、重要で貴重なアイテムですね。一つの武器を限定したりすることなんかにはまず使われないと思います」

貴重であることもセリーが教えてくれる。

やはりそうなのか。

ハルツ公爵家でも躊躇するくらいのコストであると。

いろいろ大変なのだろう。

「そうなのか。分かった。ありがとう、セリー」

「いえ」

「ま、ハルツ公爵が持ってくれるコストだから、どうでもいいか」

「ハルツ公爵が持つコストとは？」

あ。セリーに聞きとがめられた。

やばいことを口走ってしまったか？

そうでもないか。

別に問題はない。

俺のやることに問題などあろうはずがないのだよ。

ま、ロクサーヌたちに隠していることも多いからな。変なことを話したりしないよう、口から出る言葉には気をつけているのだ。

気をつけるだけで、結構ザルだったりすることはおくとして。

しょうがないじゃないか。

人間だもの。

今回のケースは、それとは違う。

問題ないことが普通に口から出ただけだ。

「なんか知らんが、五十階層を突破できるようになったら、倒せそうな迷宮を紹介してくれるらしい」

「そんな迷宮が？」

「いや。まああったらという話だ」

自分で言ってみて、心もとない話だよな。

理解してないからかもしれないが。

「紹介ですか……」

そうそう。そんなことよりも重要なのはこっちだ。

ルティナが一言つぶやいたまま考え込んだ。

ハルツ公爵からの紹介を受けることはルティナが許さないかもしれない。なんといっても親の仇だし。

それとなくルティナに伝えて承諾を得たほうがいい。

「……」

「まあ、割り当てられた分を一つこちらにということでしょう。公爵が力を増やすために使えなくなるのだから、よしとしておきましょう」

おっと。無事承認を得られたようだ。

自ら正しい判断に至った。

かどうかは知らないが。
多分それでいいのだろう。
俺自身、ハルツ公爵に借り一つなどとは考えないし。
むしろ貸しだからな。
問題ない。
「そうですか。それでよいというのなら、なるべく早いうちに利用を」
ロクサーヌが何か不穏なことをつぶやいているような気がしたが、問題はないだろう。
幻聴だ。
幻聴に違いない。
詳しくは問いただす気にもなれない。
「そ、それでは、迷宮に入って、使い心地を確かめてみるか？」
代わりに、ベスタに問いかけてみる。
「はい。それで大丈夫だと思います」
逃げるように迷宮に入った。
もちろんロクサーヌもルティナも一緒だ。
大魔王からは逃げられない。
迷宮でベスタの戦いぶりを見る。

大柄のベスタがオリハルコンの剣二本を片手にそれぞれ持って振り回す姿はさすが堂に入ったものだ。

すさまじいな。

ベスタこそが、大魔王でいいんじゃないかな。

第六十五章　オーバードライビング

ベスタ

現時点のレベル＆装備

竜騎士　*Lv 44*

装備　オリハルコンの剣
鋼鉄のプレートメイル
硬革の帽子
鋼鉄のガントレット
鋼鉄のデミグリーヴ
身代わりのミサンガ

「あ。ボス部屋ですね」

五十階層のボス部屋に到達した。

な、何を言っているのか分からねえことはないと思うが、ボス部屋に到達した。

何をされたのかは、分かる。

ロクサーヌに連れてこられたのだ。

もっと恐ろしいものの片りんは味わったぜ。

「お、おう」

「うーん。やはり、ボス部屋を探すのに少し時間はかかってしまいましたね。迷宮を攻略するのは大変です」

全然大変そうでもなく、ロクサーヌがのたまう。

実際、全然大変でもなかっただろ。ロクサーヌだけ。

こっちはそれなりにはそれなりだった。

まあ、大変とまでは言わないけどさ。

それなりにはそれなりよ。

通常戦だって魔物の殲滅《せんめつ》に時間がかかるようになってきているから、別の魔物の群れが合流してきやしないかと不安だし。

実際、迷宮に入る人が魔物に殺されるパターンの一つは、殲滅に手間取っているうちに別の魔物の群れが乱入してきて敵が増える、というものらしい。俺たちだってそういうことになりかねない。

そうなる前に鼻の利くロクサーヌから警告が飛ぶだろうが。

しかしロクサーヌの場合、嬉々《きき》として魔物の群れ複数が近くにいるところに飛び込んでいきかねない疑惑がある。

そういうとこだぞ。

普段からの心がけというのは大切だ。

じゃあ魔物の乱入がないボス戦なら大丈夫かというと、ボス戦はボス戦でミリアの石化頼みだから、効かなくなったらどうしようとか考えると不安は残る。

心配は心配だ。

世に心配事の種は尽きまじ。

昔、杞《き》の国の人は天が崩れ落ちてくるのではないかと憂えたという。

世に杞憂の種は尽きまじ。

まあいきなり効かなくなったりはしないだろうが、運悪く最後まで石化できないということは起こりうるだろうし。

いや。

ここで節目の五十階層だから、突然石化しなくなることもありうる。

かもしれない。

ひょっとしたら。

万が一。

億が一。

最悪のケースでは。

五十階層が節目かというと、それはよく分からないが。

そもそも迷宮が十進数でものを考えるかどうか。十一階層ごとにグループになっているから十一進数で考えるとしたら、五十六階層のほうが危ない。

一応、迷宮は五十階層まで育ったときに外に出てくるらしいから、節目といえば節目といえるだろうか。

人間だって、例えば十八歳が節目とされていても、実際十八歳の人間に何かがあるわけでもないしな。

いや。それは法律上そうなっているというだけか。

二十歳で成人となる国なら二十歳が節目になるだろうし、大昔の日本では数え年五歳で元服した人もいるし。

迷宮は迷宮で五十階層が節目で何かあるかもしれない。

危険があるかもしれない。

想定外のことが起こるかもしれない。

その可能性はゼロではない。

だからロクサーヌよ。セリーの説明がすんだからといってそんなにすぐ嬉々としてボス部屋に突撃するな。

もっと危機感を持て。

万が一の場合を想定し心構えを怠りなく。あらゆる困難に対処できるよう冷静に。心を落ち着けて。いかなる危難に遭遇しても対応できるように準備して。

と。

そんなふうに考えていた時期が、俺にもありました。

五十階層のボスもミリアの敵ではなかったよ。

さすがはミリア。

まだまだ大丈夫のようだ。

頼もしい。

まあ、ボス戦といっても半分はボス部屋の外でも出てくる雑魚《ざこ》だ。ミリアが石化できて当然。

仮にボスが石化できなくなったとしても、二匹ならばロクサーヌとベスタが正面に立ちはだかって対応するから、なんとでもなる。

ボス部屋なら追加の群れが乱入してくることもないからな。

もっとも、限界は近づいた。

四十九階層から五十階層で魔物は強くなったが、俺たちのほうはそこまではっきりとは強くなっていない。

限界は近い。

悩みは深い。

「ベスタは、五十階層のボスが相手でも問題なかったか？」

「はい。大丈夫だと思います」

「ちょっとでも危なそうだと思ったら、遠慮なく言えよ」

「分かっています」

本当に大丈夫そうか。

ベスタが大丈夫だと言うのなら、五十階層のボス戦も問題ないということになる。

もう一人ボスと正面で対峙《たいじ》する人については、大丈夫なのは分かりきっているので。

聞くまでもない。

というか、むしろ聞かないほうがいい。

五十階層のボスなど全然たいしたことはない、とか言われかねない。もっと上の回答もありえそうだよな。

ぶるぶる。

「五十階層のボス部屋を突破したということは、あれですね」

ロクサーヌの代わりに、ルティナが突っ込んできた。

あれ、というのは、あれだ。

親の仇がかかわる案件など、口にしたくもないのだろう。

「あれかあ。まあ行く必要はあるよな」

「五十階層で討伐できる迷宮を紹介してくれるんですよね？」

セリー、空気読め。

あれでいいだろ。

「そうだ」

「別に最終階層が五十階層だったときに何かが変わるという話は聞いたことがありませんが、わざわざ紹介する必要があるんでしょうか」

「そうだよな」

やはりセリーもそこが疑問なのか。

そうなるよな。

違いがないなら、クーラタルの五十階層ででも練習しとけばいいという話だ。

「貴族としての対面といったところですね」

ルティナが一蹴した。

さすがハルツ公爵のやることに対して厳しい。

「なるほど。紹介くらいすることもなしにでかい顔はできないか」

「はい。いまさらどんな恩恵を受けたところで大きな顔はさせませんが」

厳しい。

というか、ルティナをよこしてくれたことが俺にとってはハルツ公爵から受けた一番にして最大の恩恵だ。

ルティナからすれば恩恵はないに等しい。

「それならば、大きい顔をされないためにもこんな話は受けないほうがいいか？」

「いいえ。受けましょう。もらえるものはもらっておいてなんの問題もありません。そもそもこの程度で大きな顔ができると考えているなら笑止千万」

「そうか」

ハルツ公爵の紹介は受けていいらしい。

俺としてもハルツ公爵にでかい顔をされないというのなら安心できる。

しかし、でかい顔といってもどうするのか。

あいつはわしが育てた、くらいは言われるのだろうか。

それなら別にそう言われてもいいような気はする。

わたくしめが迷宮を討伐できたのはすべてハルツ公爵閣下のおかげでございます。

強さの秘訣《ひけつ》？

それはもちろん、ハルツ公爵閣下のご指導の賜物《たまもの》でございましょう。

こちらには特別なスキルとか、特別なジョブとか、特別な武具とか、特殊なものは一切ございません。

ただただハルツ公爵閣下のお導きのままに努力した結果にございます。

きっとハルツ公爵閣下こそが育成の秘訣をお持ちなのでは。

うん。

これでいいな。

これで行こう。

翌朝、ハルツ公爵へ報告しにボーデへと赴いた。

善は急げ。

悪も急げ。

兵は拙速なるを聞くも未《いま》だ功の久しきをみざるなり。

「団長とともに執務室におられます」

ボーデでは、いつものように勝手に奥へ行けと追いやられる。

これも拙速といえるだろうか。

執務室へ行ってノックをすると、騎士団長ゴスラーから声がかかった。

「入れ」

ゴスラーがいれば安心だ。

決して拙速ではない。

「ミチオです」

「おお。ミチオ殿か。かけられよ」

中に入ると、ハルツ公爵が笑顔で迎えてくれる。

きっと何かの仕事中だったに違いない。

サボる口実ができたな。

だがその仕事がなくなったりはしないのだぞ。

頭を抱えたくなるような難題について考慮中なら、気分転換になるかもしれないが。

そんな難題が公爵の判断に委ねられることはあるまい。

きっとゴスラーに押しつけて終わりだろう。

「今はイェツェラ攻略用の騎士団員たちの再編成を考えておりました」

何をしていたかゴスラーが教えてくれた。

よく分からんが。

なんか人員を割り振っていたのだろう。

結構な難事だ。

公爵がゴスラーに押しつけていたに違いない。

それをゴスラーがこなしてしまうから、ハルツ公爵がいつまでたっても成長しないことになる。

そういうとこだぞ、ゴスラー。

やらなければ押しつけられるしやってしまえばいつまでも押しつけられ続ける。

いずれ悲しき中間管理職。

「ほう」

「イェツェラの迷宮はセルマー領の迷宮の中でなんとか五十階層ですみそうな迷宮だったのですが、こちらの予想に反して、昨日五十階層を突破したとの連絡が来ました。攻略の人員を再編成しなければなりません」

最上階が五十階層のうちに討伐できるかと人員を集中させて攻略を急いでいたが、間に合わず、五十階層のボスを倒したら五十一階層へ抜けてしまったということだろう。

あてが外れて見直しを迫られている、ということか。

「まあ騎士団員たちは次に五十階層で討伐できそうな迷宮に行かせればよかろう」

ハルツ公爵は簡単に言ってのけるが。

そんなに簡単なものなんだろうか。

実際、ゴスラーは何か言いたげだ。

ため息を吐くと幸せが逃げるぞ。

「その迷宮に愛着を持ってしまって、ぜひここを討伐したい人とか」

さすがにそんなやつはおらんやろ。

自分で言っておいてなんだが。似たようなことはあるかもしれない。

「先日、五十階層での迷宮討伐をサポートする話をしたと思いますが、斡旋が必要な知り合い貴族の嫡子がおりましてね。イェツェラの迷宮を速攻で片づけた後、セルマー領内で一番古く、多分最も成長しているであろう迷宮に戦力を集中させる予定だったのですが。なかなかこちらの思いどおりにはいかないものです」

知り合い貴族の嫡子と言っているが、要するにハルツ公爵派貴族の跡取りなんだろう。

次世代をハルツ公爵派閥に取り込むなら、最初の迷宮討伐をサポートするくらいは当然ということか。

ルティナの言ったとおりだった。

派閥の領袖というのも楽じゃない。

どこか五十階層で討伐できそうな迷宮へ勝手に行かせればよいという問題では少なくともないだろう。

迷宮討伐をサポートできないようなら、子どもの代からは別の派閥に転じるということもありうる。

　いや。

　別にこのイェニチェリだかツェヅェゲラだかツェルメロだかの迷宮を跡取りに紹介してあてがったわけではないか。

　ゴスラーもそうは言っていない。

　成長している迷宮を討伐できれば、その周囲の迷宮の難易度が大きく下がる。そういう話だったはずだ。

　セルマー領内で一番成長している迷宮を討伐すれば、領内にあるほかの迷宮の難易度が下がる。最初の迷宮討伐として紹介するのにうってつけだ。

　知り合いの貴族に実力があるなら、その嫡子には難易度の下がったそちらの迷宮をあてがうだろう。

　実力のないどうでもいい派閥構成員の跡取りなら、難易度が下がっていない迷宮をあてがうこともありうるだろうが。

　どうでもいい跡取りだったからツェルメロの迷宮を紹介したが、五十一階層あったので困っているところかもしれない。次に紹介できそうなのは、一番成長した迷宮を討伐したあとの難易度の下がっている迷宮だから。そちらはそちらで、あてがうことを予定している有力な貴族の跡取りがいるのかもしれない。

これを選択公理と言う。（言わない）

ツェルメロの迷宮には、その迷宮にあてがうべき人がいたという説を加えても真だし、その説の否定を加えても真である。

つまり、あてがうべき人を適切に分割・再構成することで、あてがう人が二人になってしまう。

これをバナッハ＝タルスキーのパラドックスと言う。（言わない）

ゴスラーも苦労するはずだ。

「なるほど。あー。しかし、それはタイミングが悪かったかあ」

「タイミングとは？」

「実は、五十階層のボス戦をようやく無事に終えて。迷宮討伐の訓練を斡旋してくれるという話だったので、お言葉に甘えて紹介でもしてもらおうかと」

「五十階層……」

先約がいたのでは、紹介できないかもしれない。

紹介できないだろう。

紹介できないはず。

そうであってくれ。

いやあ。残念だなあ。

「五十階層のボス戦を終えられたと？」

ハルツ公爵が確認してきた。

公爵は、帝国解放会への入会のときとかに、俺たちがどの程度の階層に入っているかを知っている。

ロクサーヌの決闘騒ぎもあったし。

それと比べて五十階層は少し落差が。

まあしょうがない。

うちには、どんどん上の階層へと連れて行こうとする人がいるので。

「元からいろんな階層では戦っていたし、ルティナも戦力になってくれたので」

魔法使いが加わってくれたのはやっぱでかいんすよ。

多分。

きっとそう判断するのではないだろうか。

ルティナが魔法使いになったことは伝えてなかったが、五十階層をクリアできるほどのところで戦っているなら、村人から魔法使いになれるのも早いはず。十分な戦力になっていると発言しても不思議ではないだろう。

そうしておけ。

「いや、まあ、五十階層をクリアするのも早いといえば早いのだが……」

「こんなに早く、というのはもちろんですが、四十九階層でなく、五十階層を？」

ゴスラーが引き継いで確認してくる。

ああ。

そうか。

なるほど。

俺がどういうミスをしていたか、分かった。

五十階層の迷宮討伐を斡旋してくれるのは五十階層をクリアしてからだと、勝手に思い込んでいた。

ほかの迷宮で五十階層のボスを倒せるようになれば、最大階層が五十階層の迷宮で最上階五十階層のボスを倒して迷宮を討伐できるから、と。

五十階層を突破したら最大階層が五十階層の迷宮を紹介してやるという話だと。

違う。

そうじゃなかったんだよ。

四十九階層のボスを倒せるようになったら、近くの迷宮が討伐されて難易度が下がった最大階層五十階層の迷宮を紹介するから、そこで五十階層のボスを倒す経験を積めと。

四十九階層はクリアできて五十階層をクリアできるかどうか不確定の状況で、難易度の下がった五十階層のボスを倒すことで比較的安全に五十階層を突破することができるし、質の良い訓練になるし、迷宮を倒す経験も積める。

だから、派閥の領袖として斡旋もするし、受けるほうもそれだけの利得がある。

そういう話だったんだ。

この世界ではおそらく、四十数階層ともなれば一つ上の階層に進むだけで年単位の鍛錬を必要とするだろう。

そうでなければ、五十階層のボスを誰でも倒せてしまえるようになる。元セルマー伯爵であれ誰であれ、迷宮が倒せなくて困るような人物は出てこない。

実際のこの世界に迷宮があふれ、倒して数を減らせない元セルマー伯爵のような人の首がすげ替えられるのは、五十階層のボスを倒せるような人が少人数だからである。階層を上がるのに年単位の修業期間を浪費させられるからだろう。

普通の人なら、四十九階層のボスを倒してから五十階層のボスに挑むまで下手をすれば十年かかるかもしれない。

それだけの時間が必要だし、その分長い間五十階層のボスに挑むかどうか悩み続けることになるし、五十階層のボスを倒せるかどうかの判断も難しくなる。

判断を過てば死だ。

そんなときに、四十九階層のボスはクリアしてその後長く鍛錬したが五十階層のボスを倒せるかどうかが微妙な時期に、そろそろ挑戦すべきだが全滅の危険を考えて踏み込めずにいるときに、難易度の下がった五十階層のボスにチャレンジできるとすれば大きい。

ありがたい。

派閥のリーダーとして認め一生ついていきます、という話になる。

斡旋してくれという人も多いだろう。

それまでは五十階層の雑魚戦や四十九階層のボス戦を繰り返しながら。

難易度が下がるといっても実際にどのくらい簡単になるのかは知らないし、一階層分も下がったりはしないだろうが、難易度がどの程度下がったかは五十階層の雑魚戦を何度も繰り返せば肌感覚である程度分かるだろうし、普通の迷宮の五十階層にもう行けるのか、もう少しなのか、まだまだ足りないのか、少なくとも判断のヒントになることだろう。

四十九階層をクリアしたあとに十年も足踏みするとすれば、難易度の下がった五十階層を突破することで、修業時間や五十階層に行くかどうか悩む時間が下手しなくても年単位で短縮できることになる。

四十八階層や四十七階層のボスをクリアしたあとも同じかもしれないが、五十階層のボスと違って四十九階層や四十八階層のボスなら何度でも倒せる。

上の階層へ行けば行くほど一つ上の階層へ進むための期間も長くなるし、条件も厳しくなるだろうから、五十階層のボスを斡旋してくれる意義は大きい。

その人の限界というのが、四十数階層か五十数階層か六十数階層か、まあその辺のどこかにあるから、一階層から二階層へ進むのと比べれば四十九階層から五十階層へ進むことの条件は厳しくなるだろう。

普通のパーティーは、四十数階層で一日一階層上がっていこうなどとは思わない。

決して思わない。

絶対にだ。

分かってるか、ロクサーヌ。

そういうとこだぞ。

それを考えると、難易度の下がった五十階層のボス戦を紹介してくれることのメリットを理解できなかったセリーやルティナはロクサーヌに毒されている。

影響受けまくりだ。

手遅れかもしれない。

いや。

これは、俺が五十階層のボス戦をクリアしたら紹介してくれると思っていたせいか。

前提条件が違ってくる。

俺のせいかもしれない。

悪かった。

「あー。五十階層を」

なんで五十階層のボスをクリアしたあとに五十階層で討伐できる迷宮を紹介してもらえると思ったんだろうか、俺は。

いや、だってしょうがないじゃん。

迷宮を討伐するのは特別なことだと思うじゃん。

貴族の責務だとか、大層なこと言ってたわけじゃん。

それならば、一度迷宮の最上階でない普通の五十階層をクリアしたあと、迷宮の最上階である五十階層のボスを倒して、迷宮を討伐する。そういう順番だと考えるじゃん。

それが順序ってものだろうが。

物事には順序というものがあるだろうが。

それが選択公理だろうが。

順序を考えた俺は悪くない。

四十九階層のボス戦と五十階層のボス戦の間にもう一つ別のものが挟まる順序があると発想できなかった点が問題ではあるとしても。

「そ、それは……さすがはミチオ殿である」

「はい。想定外の凄《すさ》まじさです」

もうやめて。ミチオのライフはゼロよ。

ゴスラーでもフォローできないとは。

「い、いや。ま、まあ。先日いただいたオリハルコンの剣で十二分な強化もできた上に、ルティナもまだなおしばらくは成長が続くだろうし、完全にパーティーメンバーのおかげではないかと。ロクサーヌなどは、もう次の五十一階層のクリアを虎視眈々《こしたんたん》と狙い、射程圏内に捉えているのではないかと懸念されるほどでして」

そうだよな。

オリハルコンの剣でこちらの戦力も上がっているのだ。

これはハルツ公爵のおかげといえるだろう。

そして最も悪いのは次の階層へ行きたがるロクサーヌだ。

これはもう完全にロクサーヌのせいである。

パーティーメンバーのおかげというか、パーティーメンバーのせいだ。

「ほう。あの完璧な動きを見せていた方ですか。五十階層でも変わりなく？」

「五十階層ボスを子ども扱いに……」

「なんと……」

そういうことなのだよ。

ロクサーヌが悪いことが証明されたな。

中間管理職のゴスラーなら、下から突き上げを食らうことの苦しさを理解してくれると思っていたよ。

うんうん。

「それでは、ミチオ殿は五十一階層に？」

そんな能天気な話ではないのだよ、公爵君。

「まあ、そういうことになるのではないかと」

渋々。

嫌々。

心ならずも不本意ながらやむを得ず仕方なしに。

選択の余地はない。

そう、選択。

n階層の次がn＋1階層であることをロクサーヌの選択公理と呼びたい。

五十階層の次が五十一階層であることはこのようにして証明される。

1＋1＝2であることは極めて重大な数学上の難題であり、ロクサーヌの公理系を使うことによってようやく取り組めるのだ。

「ふむ。それならば、イェツェラの迷宮をミチオ殿にまかせるというのはどうだろうか」

ハルツ公爵が提案してきた。

五十一階層を攻略せよということか。

むちゃ振りがすぎるのでは。

いや。どうなんだろう。

ロクサーヌなら、ボス部屋の情報でもあるなら今日は五十一階層のボス戦ですね、とか言ってきかねない。

というか多分言ってくる。

確実に言ってくる。

明日は五十二階層だぞ。

それに比べると、そこまででもない？

ゴスラーも、何も言ってこないし。

フォローが必要なほどのむちゃ振りではないということか。

「むむむ。五十一階層を……」

「セルマー領の迷宮に入ることは現セルマー伯を利し、応援・肯定することになるので、ミチオ殿の助力を依頼することはなかったが、領内でも迷宮討伐の最後の仕上げならば、貴族の責務としても、否定はしてこないはずだ」

これはルティナを気遣っているのか。

クーデターで倒された前セルマー伯爵側の人間だからな。

領内の迷宮で活動することは現政権を助けることになるので、ルティナの反発や拒絶が考えられると。ただし、迷宮討伐ならばそこまでではないと。貴族の責務だと説得すれば反対はしてこないと。

　さすがきたない。

「なるほど」

「イェツェラの迷宮も結局は討伐しなければならないので、ミチオ殿が入ってくれるなら人員の割り振りが楽になります。よそへ回すうちのメンバー以外だと、まだ最先端のパーティーでも四十階層にも届いていないはずです。時間はあります。ボス部屋の位置だけを把握しておいて、難易度が下がったところでボスを倒す作戦もありでしょう。五十一階層への挑戦を求めるつもりはありませんが、できるというのなら、考えていただきたいことではあります。さすがに、イェツェラの迷宮が五十二階層まで成長しているということは考えにくいと思います」

　ゴスラー的にもＯＫと。

　苦労人のゴスラーが大丈夫と言うのなら良いだろうか。

　あるいは、俺にまで苦労を押しつけることがあるだろうか。

　この程度は苦労のうちに入らん、と。

　が、うちにはもっと苦労を押しつけてきそうな人がいるからなあ。

　ロクサーヌはもう五十一階層のボス戦へと思いをはせていることだろう。まっしぐらに突き進んでいて止まりそうにない。

何を狙っているかは確定的に明らか。

火を見るよりも明らか。

絶対に確実だ。

それならばツェルメロを選択公理しても問題ないのではないか。

ひょっとしたら、難易度が下がるまで五十一階層のボス戦は待って、という説得が功を奏するかもしれない。

可能性はゼロではない。

微粒子レベルで存在する。

可能性があることならば無限に繰り返せばいつか必ず成功する。

もはや勝利はなったも同然。

たとえ説得できなかったとしても、五十一階層での鍛錬を繰り返したと考えればいい。

安いものだろう。

受けておいて損はない。

「そこまで言われるのであるならば」

「おおっ。受けてもらえるか。さすがはミチオ殿」

「いや。こちらが提案しておいてあれですが、よろしかったのですか？」

おいいぃいぃっ。

ゴスラー。

「ま、まあ……」

「うむうむ」

「ほう。さすが」

さすがじゃねえよ。

信じた俺がバカだった。

公爵はもっとゴスラーに迷惑かけていいぞ。

「まあ、いずれにせよ五十一階層に挑むことにはなるのだし」

主にロクサーヌのせいで。

だから選択に間違いはない。

「やはり、真に迷宮の解放を目指す者というのはこういうものなのだろう」

全然違うよ。

ただし、ゴスラーに迷惑をかけることは許す。

公爵が真に解放を目指す者になれ。

「幸いなことに、イェツェラの五十一階層に行った冒険者がまだ残っています。どの迷宮に行くか、まだ決まっていなかったので。さっそく呼んでまいりましょう」

ゴスラーが真に解放を目指す者になってもいいんだぞ。

さすれば、これ以上公爵から迷惑を受けることはあるまい。

おまえが公爵に迷惑をかける者になるんだ。

真に解放を目指す者であればそれが許される。

おまえは虎になるのだ。

「豪気なことだ」

「それもこれもパーティーメンバーに恵まれたおかげで」

「余が見込んだだけのことはある」

ゴスラーが執務室を出て行ってしまったので、公爵と残された。

早く帰ってきて、ゴスラえもん。

だいたい、ゴスラーが真に解放を目指す者になったら、誰が公爵の迷惑を受けるのか。

バッファーが存在しなくなることは、それはそれで困る。

ゴスラーはいつまでもハルツ公爵の迷惑を受け止める者であってくれ。

「ミチオ殿。冒険者がおりました。参りましょう。パーティーに入ってくだされ」

もっとも、ゴスラーはすぐに帰ってきてくれた。

公爵とのバッファーとして有用かつ必要な人材だ。

これからも公爵からの迷惑を一手に引き受ける権利をあげよう。

「了解。さすが」

「何がさすがなのかは分かりませんが」

分からずともよい。

というかむしろ、知りたくないだろう。

ロクサーヌたちと組んでいる現行のパーティーを解散し、ゴスラーが連れてきた冒険者のパーティーに加入する。

「では」

「頼んだぞ」

ゴスラーに見送られ、ロビーからフィールドウォークで飛んだ。

ここが、なんとかの選択公理の迷宮か。

どこにでもありそうなのどかな田園地帯だ。

フィールドウォークで飛んだ場所のすぐ横に迷宮がある。

冒険者は、何も言わず迷宮の中に入っていった。

俺もあとに続く。

「ここがイェツェラの迷宮の五十一階層です」

迷宮の中に入ってから、ようやく冒険者が口を開いた。

なるほど。入り口ではまずいのか。

迷宮の入り口には専門の探索者がいる。

おばば様のところの迷宮の探索者を考えればここの迷宮入り口探索者にもハルツ公爵の息がかかっていておかしくないが、そこまでは信用できないのかもしれない。

小遣い銭欲しさに情報を売るなんていかにもありそうだ。

あるいは、ハルツ公爵でなく現セルマー伯爵の支配下にあるとも考えられる。

五十一階層まで探索が進んでいることを聞かれたくなかったのだろう。一般の人たちの探索は四十階層にも届かないくらいだろうとか言ってたし。

「分かった」

「ここ以外で案内が必要な階層がありますか？」

「そうだな。一応、五十階層も教えてもらえるか」

「分かりました。ついてきてください」

「うむ」

教えてくれるというので、一つ下の五十階層にも案内してもらった。

何かの役に立つことがあるかもしれない。

万が一、万が一だ。

冒険者は、一度迷宮の外に出て、すぐに再度中に戻る。

俺も続いた。

そんな俺たちの奇妙な行動を迷宮入り口の探索者はどう思ったか。

まあ、奇妙なというか、よくある行動かもしれない。

その迷宮の経験者が未経験者を連れて迷宮に入る。珍しくはないだろう。みんなやっているこ
とだ。

なんとも思わないか。

自分が知っているより上の階層を紹介されているとしても。

「私はボーデに帰りますが、どうされますか？」

「ここまででいい。パーティーから外してくれ」

五十階層に入ると、冒険者はパーティーから俺を外し、一人で出て行った。

俺は、わざわざ外へ行かなくてもワープで帰れるからな。

入り口の探索者に変な目で見られる必要はない。

二人連れで迷宮に入った者が一人で迷宮から出てきても、別に事件を疑ったりはしないだろう。

分からないが。

姉さん、事件です。

どうせ外へは出ないから、どうでもいい。

入り口の探索者にハルツ公爵の息がかかっていないことも分かったし。

顔を見せる必要もない。

イェツェラの迷宮からクーラタルの家に帰る。
「おかえりなさいませ」
すぐにロクサーヌが迎えてくれた。
いつものように俺を待っていてくれた。
これは別に、討伐する迷宮の紹介を受けに出かけたからではない。
と思う。
といいな。
出かけたときにはすぐに紹介されるとは思わなかったし。
だから、討伐する迷宮を待っていたわけではない。
ただしパーティーを解散している。
何があったかは分からないだろうが、何かがあったことは分かるはずだ。
討伐する迷宮を紹介されたのだろうと推測してもおかしくない。
やっぱそれかあ。
「あー。討伐する迷宮を紹介された。そこがちょうど余っていたらしくてな」
「おまかせください」
ロクサーヌがふんすと力を込めている。
やっぱこれかあ。

「ただし、まあ問題もある」

「問題ですか？」

セリーは、きっちり問題点は何か確認しようとしてくる。

約一名は、問題など問題あるまいと思ってるな。

「一つは、迷宮はセルマー領内にあることだ。この迷宮を討伐することは現セルマー伯を利することになるが、ルティナはそれでもかまわないか？」

ワープで行けば分からないかもしれないが、一応確認したほうがいいだろう。

何かのときにばれるかもしれない。

あまり不審のタネはまかないほうがいい。

ほかにもいろいろ隠し事は多いのだし。

「いえ。迷宮を討伐するのは当然のことです。領民のためにも、討伐すべきでしょう」

こちらのほうはあっさり受け入れられた。

貴族の責務ってやつなのかね。

そこはハルツ公爵の掌《てのひら》の上だぞ。

「そうか」

「それに、あんなやつの息のかかった者に討伐されるよりよほどましです」

あんなやつってどんなやつだよ。

親の仇だろうけど。

その息のかかった者が俺だ。

「まあ考えようによっては、そうか」

「はい」

「それともう一点。紹介された迷宮は五十階層での討伐をもくろんでいたが、五十一階層まであったらしい。つまり五十一階層での討伐を目指すことになる」

最大の問題点を話す。

「それは素晴らしいです」

うん。知ってた。

最大の問題点はロクサーヌにとっては美徳のようだ。

絶賛ポイントに変わっている。

問題点だっての。

「いずれにしても今後は五十一階層に挑戦するのですから、問題にはなりません。最上階だからといって難しくなるということはないようですし。周囲の迷宮が討伐されて少しでも難易度が下がっているなら、むしろ挑むのに最も適した迷宮といえるでしょう」

セリーが冷徹に分析する。

確かにそうなんだけどさ。

ロクサーヌもいるから、仮にイェツェラの迷宮を紹介されなかったとしたら、これまでどおりアキシマの迷宮で五十一階層に挑むだけだ。

五十一階層から逃げる道はない。

大魔王からは逃げられない。

「やる、です」

「大丈夫だと思います」

はいはい。

「諸侯会議のためにはいずれにせよ迷宮の討伐を経験しておいて損はないでしょう。五十階層か五十一階層かはどうでもいいことです」

「なるほど」

全員問題なしと。

分かってはいたが。

「いえ。むしろ五十一階層のほうがいいですね。五十階層でボスを初討伐したら恩に着せて威張ってくる危険性がありますが、五十一階層での討伐なら実力ということです。素晴らしい。正解です」

微妙な褒め方だな。

まあ確かに、五十一階層ならハルツ公爵にでかい顔はされずに済む。

「そうか」

「さすがの危機回避能力です」

ホントに褒めてんだよな？

ハルツ公爵は、何を考えて五十一階層で討伐する迷宮を斡旋したのか。

恩に着せようと思ったら、やはり五十階層で討伐させてこそだろう。

五十一階層で討伐できる人は五十階層ならもっと楽に討伐できるはずだから、初だろうと何だろうと恵沢にならん。ありがたくもなんともない。

五十階層を突破している時点で討伐はなったも同然だから、もうどうでもいいということかもしれないが。

ハルツ公爵には悪いことをしたかもしれない。

正直、すまんかった。

「まあそれはそれとして。では、紹介された迷宮に挑むということでよいか？」

「はい。楽しみですね」

ロクサーヌが代表して答えた。

楽しみなのを強要してはいかんと思うが。

まあそこまででもないか。

今回、セリーが、迷宮を討伐するのはどんな感じなのかと、楽しみの側に回りそうなんだよな。こういうことには賛成しそうな気がする。

ルティナは元々あっち側だろうし。

つまり、少なくとも半分は、楽しみの側にいる。

ミリアとベスタも、楽しみではない、と問われれば微妙なとこだろう。もはや手遅れなほどロクサーヌに毒されてしまっているかもしれない。

形勢は不利だ。

いや。うちのパーティーでは多数決は採用していない。

一党独裁。

民主集中制。

指導者原理がうちのルールだ。

原則にのっとってもらいたい。

「ま、まあ、それはそれとして。紹介してもらった迷宮は、一応五十一階層に加えて五十階層も入れるように追加で案内してもらったんだが、攻略は五十階層から始めたほうがいいだろうか?」

「いえ。五十一階層からで十分でしょう」

速攻で却下された。

げに恐ろしきロクサーヌ独裁。

やはり無理だったかあ。

こんなこともあろうかと、と五十階層へも行けるようにしておいたのだが。こんなことはなかった。

何も言わずに、しれっと五十階層へ飛んでしまえばよかったかもしれないが、あとでバレたときに困る。

今回迷宮入り口の探索者は心配しなくてもいいが、ゴスラーとかがポロッと漏らすことはあるかもしれない。

とりわけハルツ公爵はあやしい。軽率とか粗忽《そこつ》とかとは言わないけどさ。

隠し事も嘘《うそ》も多くないほうがいい。

切実。

いや。そもそも五十階層で討伐できないことはなんで分かったかという話になるから、
五十一階層に行けるのが当然か。

しれっと五十階層へ行ったら、逆になんで五十階層なのか、ということになる。

セリーあたりが突っ込んできそうだ。

苦しい。

迷宮が表に出てきてから時間がたったから五十階層での討伐は無理そうだ、ということにしてもよいが、つらい。

嘘の上に嘘を重ねるのは、バレたときのダメージが大きいし、どちらかが真実でないと分かったときに両方の嘘が見抜かれるから、暴かれる可能性が増す。単純に言って確率が倍になる。

そんな単純な計算にはならないとしても。

でもまあ、それに近いことにはなる。

やめておいたほうがいい。

「魔物の組み合わせとかも見てみたかったのだが」

「だとしても、五十一階層は五十一階層の組み合わせになりますから、そこまで重視する必要があるものでもないでしょう」

くっ。

セリーまでが冷徹に却下してくる。

「そうか」

「少なくとも、その紹介された迷宮の五十一階層で戦って、ただちにピンチになるとか、危ないとか、危険性があるとか、そういうことはないと思います」

「うーむ」

迷宮は危険が危ないのだぞ。

「一度五十一階層で戦ってみて、少しきついと感じたら五十階層へ行けばいいのではないでしょうか。そのくらいの余裕はあるはずです。入ったことがない迷宮だからといって、五十階層から始めなければならない必然性はないでしょう」

どこまでも正論で攻めてくるね、セリーは。

確かにまあ、五十階層から始めるというのは少し弱気がすぎるか。

アキシマやクーラタルの迷宮では五十一階層で戦えているのだから、新しい迷宮の五十一階層でまったく歯が立たないということはない。

それならば、一度試してから、が問題のない正しい選択であろう。

戦ってみて、ちょっと手ごわそうだとなったら、こんなこともあろうかと、ということになる。

もう準備してあることはバラしてしまったが。

「その迷宮の難易度は下がっていないのですか?」

ルティナが確認してきた。

周囲の迷宮が討伐されて難易度が下がっているのなら、その上さらに五十階層から始めるのか、という話になる。

屋上屋を架すわけだ。

しかし、屋上屋を架すというのは元は屋下に屋を架すと言ったらしい。

屋根の下に屋根を作るから無駄なのであって、屋根の上に屋根を作ることはありうる。

例えば、価値のある美しい歴史的建造物が風雨に晒《さら》されないように屋根で囲ってしまうようなことは十分にありうるだろう。

それを言うなら、屋根の下に屋根を作るのもあるか。

古くて立派な屋根だがその分修理費用がかさむ場合、雨漏りを屋根の下に簡易な屋根を作ることでしのぐ手はあるだろう。

つまり、何が言いたいかというと、難易度が下がっていてさらに一つ下の階層から始めることがあってもいいじゃないか。

十分検討に値する作戦だぞ。

「まあ、この迷宮を俺たちにまかせることで、一番成長しているだろう迷宮に戦力を集中させることができるから、これから全力で挑むのだろう」

「なるほど。つまり、先に迷宮を攻略して討伐してしまえば、憎き仇からの恩は最小限しか受けずに済むわけですか」

「は？」

「向こうが迷宮を攻略し難易度が下がった迷宮を割り当てられるから、恩を売られるわけです。こちらが先に迷宮を討伐してしまえば、向こうが全力で取り組んでいる迷宮の難易度が下がるので、こちらが恩を売ることになります」

それはどうなんだ。

理屈として分からなくはないが。

「うーん」

「別に、恩を返すなら死んでくれなどという要求は、さすがに受け入れられないでしょうから、するつもりはありません」

そんな心配はしていない。

というか、受け入れられる可能性があるなら容赦なくするつもりだったんかい。

「さすがにそれは難しいだろう」

「はい。愛と正義と信念に生きる人であればよかったのですが。俗物ではさすがに無理があります」

「……」

ノーコメントで。

まあ俗物でなくても無理があると思うぞ。

ハルツ公爵が俗物でないとは言わないが。

かといって、公爵を俗物と言うわけにもいかないので、ここはノーコメントに限る。

「いずれにしても、早いこと討伐してしまうのがよいでしょう。うちにはロクサーヌさんもいらっしゃるので、安心です」

ロクサーヌを煽《あお》るのはやめてもらえないか。

「はい。おまかせください」

そうなっちゃうだろうに。

「で、では、頼む」

仕方がないので、イェッフェラの迷宮に飛び、探索を始める。

ロクサーヌが引っ張ることで、ぐいぐい進んでいった。

少しきついと感じる？

ロクサーヌたちがそんなふうに思うわけないだろ。

こんなこともあろうかと、となる可能性なんか微塵《みじん》もなかったわ。

俺はだいたい常に少しきついと感じていたが。

だが、それもここまでだ。

勇者　Lv1
効果　HP大上昇　MP大上昇　腕力大上昇　体力大上昇
知力大上昇　精神大上昇　器用大上昇　敏捷《びんしょう》大上昇
スキル　オーバードライビング

これだ。

待ち望んでいたものが、来た。

と言うほど、待ち望んではいないが。

来るべきものがようやく来たという感じ。

英雄がLv50になって、上位職が発生したのである。

何をもって勇者を英雄の上としたのかは、よく分からない。別になんでもいいのだろう。魔法使いの上位職が魔術師というのもよく分からんしな。

冒険者だって探索者の上位ジョブだ。

勇者は英雄の上位ジョブなんだろう。

この世界に魔王がいるのでもなし。

いるんだろうか?

まあうちに一人いるが。

小魔王が。

「次はこっちですね」

いや。逃げられないから大魔王か。

勇者のジョブを得たくらいで勝てる気はせん。

それでも、このジョブを得たのは大きいだろう。

見よ、この圧倒的なステータス大上昇の羅列を。

もともと英雄はかなりレベルがアップしにくかった。ようやくの思いでLv50になった。

それだけ有力なジョブだといえるだろう。

その上位職が勇者である。

期待できるはずだ。

「あー。ちょっと試したいことがあるから、しばらくは魔物の数の少ないところに案内してもらえるか」

「はい。分かりました」

「……またですか」

セリーがなにやらもの言いたげな目で見てきているような気がする。

ロクサーヌは二つ返事で快諾してくれたというのに。

セリーが冷たい。

実は、ラスボスってセリーじゃね？

まあロクサーヌには気を使っているからな。

本来なら、新しいジョブのテストは下の階層で行いたいものだ。

そのほうが、安全に、確実に、精確にテストすることができる。

別に一階層でとは言わない。

というか、一階層ではかえってテストにならない。

いや。

ジョブの安全性を確認するという意味では、一階層からテストするのが正しい、かもしれない。

そのくらいは下の階層で行いたい。

少しだけでも下の階層で行いたい。

安全に、確実にテストは行いたい。

それを、ロクサーヌのことを思って、五十一階層のままで試している。

そのことをどうか諸君らも思い出していただきたい。

「魔物の数が少なそうなんであっちは後回しにしようかと思っていましたが、そういうことなら行ってみましょう」

ロクサーヌが先導した。

おかしい。

つまり普段は魔物の数の多いところを回っていたということじゃないか。

そうなんだろうけども。

分かっていたけども。

同じ階層で、十分に難易度を下げて安全に確認作業を行えるということだな。

何度か戦ってみた。

「かなり強くなってますね」

セリーから高評価をいただく。

「そうだが、まだ普段使いできるかどうかは分からん」

「ほう。奥の手にするかもしれないと」

ロクサーヌに聞きとがめられてしまった。

奥の手にすると何かいいことがあるのか？

ある。

多少むちゃをしても、奥の手があれば、それでなんとかなる。

奥の手があるなら無理を押しても大丈夫だ。

なるほど、そういうことだったのか。

無理をすればまだまだいけるとの判断から、ロクサーヌはむちゃ振りをしていたと。

メテオクラッシュとか、普段使いしていないものはあるからな。

ロクサーヌには見せたこともある。

つまり、ロクサーヌはそれらを奥の手だと思っていたと。

「普段使っていないものは、いろいろ準備が必要だったりして、いざというときには使えなかったりする。あまり奥の手というわけでも」

「はい。次は向こうですね」

聞けよ。

フリじゃないからな。

絶対に押すんじゃないぞ。

ちなみに、オーバードライビングの使用感はなかなかいい感じだ。

まず、英雄のスキルであるオーバーホエルミングと比べて有効時間が長い。魔法二撃の間くらいは余裕で効果が続く。

これがなかなかいい。

せかせかしなくていいし、ゆったりと戦える。どうせ三撃するまでは持たない。

オーバードライビングと念じて、魔法を放って、魔法の効果が表れ、現象が静まって、二撃めを放ち、また魔法が発現するくらいまで、オーバードライビングの効果が続く。

使いやすい。

威力上昇効果についても、オーバーホエルミングよりアップしているようだ。

戦闘時間が大きく減った。

ミリアが石化した五十一階層の魔物については、オーバードライビング一回で煙に返すことができる。

後片づけまで楽ちんだ。

発動中魔物の動きが遅く感じられる効果については、オーバーホエルミングよりソフトになった。

ソフトになったというか、ぶっちゃけ弱くなったのだと思うが、これがまたいい。

なんでもかんでも強くすればいいというものではない。

オーバーホエルミングには、速くなったり遅くなったりで、振幅が激しすぎるきらいがあった。めまいでも起こしているようなというか。実際に酔ったわけではないが、酔ってしまいそうな小気味悪さがあった。

オーバードライビングは、弱くなったことで、その気持ち悪さが抜けた。

魔物の動きはしっかり捉えられるほどゆっくりにはなっているが、柔らかく穏やかだ。

多分、英雄のレベルが低いころは、こちらも弱く戦闘にも慣れていないから、魔物の動きを遅くすることがより大切だったのだろう。

その上位職である勇者を得るころには、戦闘にも慣れ使い手も強くなっているから、敵の動きを遅らせる効果は少しでいい、と。

相手の動作を遅らせることはマイルドに、その分を威力アップと効果時間に上乗せしてあるのだと思う。

最初からなれる英雄Lv1は、まだまだ使い手も初心者そのものだ。

魔物の動きをソフトに遅らせてみても、ボコボコに蹂躙《じゅうりん》されることはありうる。

勇者Lv1であれば、そこまできつく敵の動きを抑制しなくても対応可能なはずだ。

その辺を考慮して、オーバードライビングのこの効果量になっているのだろう。

やっぱりオーバーホエルミングで速くなったり遅くなったりするドギツサは相当なものだよな。

上位スキルがそれを抑える必要があるほどの。

どんだけ～。

オーバードライビングはそういうことがないから、いい感じで使っていける。

普段使いもありだろう。

オーバードライビング中にデュランダルで魔物を殴れば、物理攻撃の威力も上がっていて、威力が上がれば吸収するMP量も増えるから、MP的にも問題はない。

普段使いできる。

何かを酷使しているのではないかという疑いはあるが、しょうがない。

疲労が蓄積してケガをしやすくなるとか。

五年十年、いや三十年五十年使い続けるとバッタリ来るとか。

回復魔法だって長期的な影響がまったくないかどうかは不明である。

いちいち気にしてはいられないだろう。

オーバードライビングもほかと同じスキルの一つだ。スキン全般にそういう問題はクリアされているだろうと期待しておこう。

「あ」

そんなふうに勇者の使用感をテストしながら進んでいくと、出入り口が向こうとこちらの二箇所しかない部屋に突入した。

待機部屋だ。

「すごい。ボス部屋がこんなところにあったんですね。まともな数の魔物がいないところだったので、後回しにするところでした。さすがご主人様です」

いや待て。

一ミリも俺のおかげではないぞ。

たまたまだ。

テストなんてしなければよかった。

そうすれば後回しになったのに。

しかし、ボス部屋の周囲だけ魔物の影が薄いとかいうことがあるんだろうか。

どうなんだろう。

あるとすれば、むしろ逆なんじゃなかろうか。

ボス部屋の周囲は魔物の数を多くして、ボスを守らせる。

普通、やるとすればこっちだろう。

迷宮や魔物の考えなんて分かるはずもないとはいえ。

わざわざ守りを薄くすることはない。

自陣の守りは固めるだろう。

今まで、ロクサーヌが魔物の数を追い求めた結果、探索が進むのが早かったということはあるかもしれない。

そうだったのか。

思わぬところで真実にたどり着いてしまった。

ロクサーヌが魔物の多いところに案内したので、守りを固めようとするボスのところへ早くたどり着いてしまっていた、と。

「うーむ。ボス近くの魔物の数を減らして、侵入者がボス部屋に寄ってこないようにしている、ということもありうるのか」

「なるほど。そんな可能性が」

兵は詭道《きどう》と言うからな。

「いえ。普通に考えればそんなことはないと思います。今回たまたまそうだっただけではないでしょうか。今回運良くうまくいったからといって、次回もそうだと期待するのは、ギャンブラーの誤謬《ごびゅう》というやつではないかと」

誰だ、セリーに余計な知恵をつけたやつは。

「まあ何が正解か分からない以上、今までどおりがいいですね」

やはり数の多いところに連れて行かれると。

まあ、今や俺たちにはオーバードライビングもある。

どんとこいだ。

「ではボス部屋へ行くか。ああ。公爵たちが付近で一番成長している迷宮にアタックしているだろうから、その討伐を待つという手もあるにはあるが」

「ありません。紹介を受けただけでもけがらわしいのに。あんな者たちのおかげだと勘違いでも思われたくないですね」

ルティナが食い気味に否定してきた。

通らないとは思っていたが。

ロクサーヌではなくルティナが速攻で否定してきた。

紹介された迷宮を討伐するのもやっぱり嫌だったのか。

考えてみると、ハルツ公爵たちにはセルマー領で最も成長している迷宮を討伐したあと、難易度が下がったこの迷宮の五十階層を希望者たちに紹介するという手もあるのではないだろうか。

ここの迷宮五十階層ならボスを何度だって倒せるし、何組のパーティーを入れたっていい。

一つ一つ斡旋していくより、一度ですべてがすむ。

ルティナはそのように活用されることを嫌っているのかもしれない。

もっとも、ハルツ公爵からしたら、派閥の領袖として一人一人すべての構成員のことをちゃんと考えてますよというポーズが必要なのかもしれないが。

希望者すべてまとめてではなく、一人に一つの迷宮を。

そして、最初に迷宮を討伐した初体験をサポートすることが肝要なのかもしれない。

夫婦関係は新婚初夜で決まってしまうとも聞くし。

初体験が緊縛プレイだとＳＭに目覚めやすいとも言うし。

派閥の上下関係も初体験で決まってしまうと。

まあしょうがない。

行くしかない。

扉を抜けて部屋に入る。

ボス戦だ。

ボス戦は、まあ普通のボス戦だった。

迷宮の最上階だからといって特別なことがないのは、そのとおりらしい。

ミリアの石化も効く、いたって月並みなボス戦。一階層上がっただけでこれまでとなんの変わりもない。

平凡で中庸でありふれたごく普通でなんの変哲もないボス戦だった。

これではさすがに問題の起こりようがない。

オーバードライビングがオーバーキルになってしまいかねないほどだ。

戦闘時間が短くてミリアの石化が間に合わなくなるかと思った。

きっちり石化したのはさすがというべきか。

あとは石化した魔物を片づけるだけでいい。

二匹めのボスをデュランダルで片づけると、煙を残して、消える。

あとに丸いボールが残った。

「これがギルド神殿か」

「はい。設置をすると、ギルド神殿になるそうです」

セリーが教えてくれる。

鑑定でギルド神殿と出たから、疑ってはいなかったのだが。

「そうか」

「爵位を得たならば騎士ギルドを設置する必要がありますし、領地を運営するには探索者ギルドや冒険者ギルドも設置しなければなりません。複数置いたり、ほかのギルドを作ることも考えれば、貴重なものです」

こっちはルティナが教えてくれた。

まあ、その貴重なものを無駄に使ってしまいたいわけだが。

大丈夫なんだろうか。

「なるほど。つまりいずれにせよ複数個取得することになる、と？」

「それはそうですね」

はい。言質《げんち》いただきました。

貴重とはいえ、最初の一個に限る、とかでなければ問題はない。

満足して、ボス部屋を出る。

いつものように。

とは、いかなかった。

五十一階層のボスを倒してギルド神殿がドロップしたということは、狙いどおり五十一階層が最上階だということで、迷宮は討伐されたということだ。

移動すべき階層は、ない。

必然的に、外に出る。

迷宮の入り口に出てしまった。

ああ。こうなるよな。

「これって、説明とかいるのか？」

「どうなんでしょう。言っておいたほうがよさそうですが」

入り口にいる探索者に状況説明が必要かとセリーに聞いてみたら、肯定される。

「じゃあルティナ、頼む」

「は、はい」

ルティナにバトンタッチして、迷宮を討伐したことを言明してもらった。

俺が言うより、エルフであるルティナが発言したほうが通りがよい。

案の定、たいした反発もなく、すんなりと説明は終わった。

エルフのところではすべてこんなパターンだ。

別にいいだろう。

住むわけでもなし。

翌日、公爵への説明もすんなりと終わったので、俺はギルド神殿をセリーへと渡す。

取り上げるようなことはないだろうとは思っていたが、一応、一日待った。どうしても緊急で必要なので借りたい、とかの話があるかもしれないし。

今日のところは何もなかったので、もう大丈夫だろう。

「そいつをこれに融合してみてもらえるか」

デュランダルも渡した。

「これって、昨日出たギルド神殿ですよね？」

「うむ。試しにな」

そう。試しだ。

テストだ。

実験だ。

「ええっと」

「大丈夫だ」

失敗したとしてもなんの問題もない。

デュランダルが失われるようなことは、壊れるかもしれないが、多分ないだろう。

ギルド神殿の融合は、トグルスイッチになっているらしい。失敗してもデュランダルが初心者向けに弱体化してしまうくらいだろう。

それはそれで大変だが、今ならなんとかなる。

オーバードライビングで戦力差に余裕のある今なら。

トグルスイッチになっているだけなら、もう一度迷宮を討伐して、元に戻せばいい。

それに、デュランダルはおそらく村人Lv１のときから使えた。

今が初心者向けの状態であると考えるのが普通だろう。

「では、行きます」

セリーがデュランダルにギルド神殿を融合する。

問題があるとすれば、むしろ成功したときか。

デュランダルはポイントを使って出す。初心者向けでなくなったデュランダルをポイントに戻して、再びデュランダルを出した場合、そのデュランダルは初心者向けでなくなっているだろうか？

簡単に試すわけにはいかない。

今後、デュランダルは出しっぱなしでアイテムボックスに入れておくしかない。

まあしょうがない。

その程度のリスクは受け入れるべきだろう。

初心者向けでなくなっても思ったほど強くならないなら、ポイントに戻してもいいし。

「おおっ」

「できました」

デュランダルは無事残った。

壊れる可能性も、万が一にはないわけでもなかったので。

ノーリスク・ノーリターン。

「うむ。分からん」

デュランダルを受け取り、手に持ってみるが、違いは分からなかった。

何が変わったかまったく分からない。

オリハルコンの剣もそうだった。
壊れなかっただけでもよしとしておくか。
いや。それではギルド神殿の使い損だ。
迷宮へ行って、テストしてみる。
クーラタルの迷宮の適当な階層で、新生デュランダルをテストした。
強い。
村人Lv1から使えるデュランダルは、やはり初心者向けだったようだ。
初心者向けの制限を外したデュランダルは強かった。
ばかすかと魔物を屠《ほふ》っていく。
これぞ真の名剣。
真の武器。
今の状態こそが本当のデュランダル。
真正デュランダルだ。
これならまだ俺たちは戦える。
限界は、六十階層か七十階層にあるだろう。
それ同じじゃん。
いや、違う。

違うのだ。

戦う者の実感として、違う。

これなら俺たちはまだまだ戦える。

〈『異世界迷宮でハーレムを 14』へつづく〉

異世界迷宮でハーレムを
7
蘇我捨恥
氷樹一世
四季童子

異世界迷宮でハーレムを
4
蘇我捨恥
氷樹一世
四季童子

異世界迷宮でハーレムを
1
蘇我捨恥
氷樹一世
四季童子

異世界迷宮でハーレムを
8
蘇我捨恥
氷樹一世
四季童子

異世界迷宮でハーレムを
5
蘇我捨恥
氷樹一世
四季童子

異世界迷宮でハーレムを
2
蘇我捨恥
氷樹一世
四季童子

異世界迷宮でハーレムを
9
蘇我捨恥
氷樹一世
四季童子

異世界迷宮でハーレムを
6
蘇我捨恥
氷樹一世
四季童子

異世界迷宮でハーレムを
3
蘇我捨恥
氷樹一世
四季童子

この作品に対するご感想、ご意見をお寄せください。

●あて先●

〒101-0052 東京都千代田区神田小川町3−3
イマジカインフォス　ヒーロー文庫編集部

「蘇我捨恥先生」係
「四季童子先生」係

ヒーロー文庫

ヒーロー文庫

異世界迷宮《いせかいめいきゅう》でハーレムを 13

蘇我捨恥《そがのしゃち》

2024年5月10日　第1刷発行

発行者　廣島順二

発行所　株式会社イマジカインフォス
〒101-0052 東京都千代田区神田小川町 3-3
電話／03-6273-7850（編集）

発売元　株式会社主婦の友社
〒141-0021
東京都品川区上大崎 3-1-1 目黒セントラルスクエア
電話／049-259-1236（販売）

印刷所　大日本印刷株式会社

ISBN 978-4-07-459483-2